師傅乜都知

愛情戀咁嚟

七仙羽 著

非凡出版

目錄

chapter 02 結識篇
遇到了就不要錯過

七師傅講緣分----------46
我與 Honey 的邂逅 -----------50
我的愛人在哪裏？ -----------53
緣分到了就珍惜----------56
為甚麼經常遇上爛桃花？ --------58
選擇愛我的人，還是我愛的人？ -------61
如何避免遇上渣男 ----------64
女追男真係隔層紗？ ---------67
八字面相簡單看----------71

▶ 師傅教路◆好感度大增法----------74

chapter 03 相戀篇
當然相戀意中人　　　**76**

chapter
05

分手篇
情關始終闖不過

140

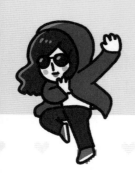

chapter
06

結婚篇
童話般的幸福

168

前言

最近，城中出現咗一位愛情告解師，可以為世人解決任何愛情煩惱。

告解室

點解明明我條件唔差，但總係脫唔到單？

我唔明呀！

點解佢成日已讀不回？

Hello! ✓✓
做緊咩？✓✓
有空？✓✓
有無時間 ✓✓
喂？✓✓
???✓✓
嚟嗎？✓✓
Hey ✓✓

煩燥

按　按

對方出軌我應唔應該原諒佢？

咬

點解佢好似更花時間喺模型、手機身上……

理吓我啦！

師傅乜都知 ✦ 愛情戀咁嚟

愛情大師七師傅登場!

阿彌陀佛

師傅你條件咁好，愛情路上一定如魚得水，點會明白我哋嘅愛情苦惱？

嗯……

靚女~

老實講，愛情呢門學問博大深精，我都經歷過唔少挫折……

好遠…

初戀

嗚～

我哋都係唔適合

大學

成熟嘅男人同時
好古惑……

收成期

簡單先係最幸福！

愛情其實係七分天註定，
三分靠打拼……

戀愛秘笈
by 七仙羽

所以……

笑

如果你本身魅力不足，
無乜自信……

或者對自己好有自信，
但無人埋身……

又或者愛情路上總是頭頭
撞着黑，覺得情事複雜，
成日「戀咁view」……

唔緊要！

chapter 01

單身篇

要愛人先 要愛自己

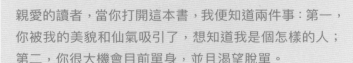

＜七師傅看單身＞

親愛的讀者，當你打開這本書，我便知道兩件事：第一，你被我的美貌和仙氣吸引了，想知道我是個怎樣的人；第二，你很大機會目前單身，並且渴望脫單。

單身的經驗，我當然不多。因為我桃花運旺，感情路上從來不停步，就算和舊情人分手，很快又遇到下一個。雖然如此，我是很明白渴望脫單那種心情的，因為實在太多因單身而感到困惑的女生來找我，希望盡快修到美好姻緣。

女生始終會彷徨

這個年代，雖然有不少思想前衛的女生能夠抬頭挺胸，為單身和獨立而驕傲，但師傅見過太多少女、中女們，始終為單身感到彷徨。

這也怪不了她們，香港男少女多，找女伴容易，找男伴卻很難。而對於凡事也講求快速的香港人，談戀愛當然也不例外。「速食愛情」一詞聽起來沒營養，卻又像快餐店內的薯條、香

脆炸雞般令人流口水。每個人拿起手機，打開交友 App 就有無數的選擇，條件好的人，選擇自然多；條件稍遜，或思想傳統的，想隔空交友就更難上加難了。即食文化這種現象是社會風氣造成的，但不論男生或女生，當然想找個認真的對象談談戀愛、想想將來，說來容易，做起來卻一點也不簡單。

給單身女的一句話

說了這麼多，反正就是很怕單身。

有人問：「師傅，唔想單身可以點算？」

聽師傅說一句：「Don't panic。」

這句話人人都懂，但真的要開口說出來給自己聽。很多人覺得單身代表孤獨，一單身就怕怕，心裏就像有把聲音在催促：「再搵唔到個伴，就要孤獨終老啦！」No No，這些都是虛像！

香港地的單身人士

師傅收過很多信眾求助，大多數香港女生都抗拒單身。年紀漸長的有這種想法，我不意外，但青春少艾甚至學生妹，原來都有一樣憂慮。師傅覺得，她們可能是從小到大都被香港的文化影響，令女孩子都恨嫁，渴望找到好歸宿。

你未必留意到，其實卡通片、電視劇、廣告，甚至姨媽姑姐茶餘飯後閒談，都可能影響着周邊的磁場，逐漸改變你的想法。久而久之，當你長大了，也就成為跟她們一樣害怕單身的女人。

豁達的西方女生

師傅在外國生活過一段不短的日子，身邊出現過很多男人，我眼裏當然不只有男人，還看透了外國女生的愛情觀。

外國女生個性獨立，她們可以自在地自己生活，遇到有興趣的男人就去馬，合不來、不喜歡了就分開。

因為外國女生談的，不只是 love，還有的是 life。談戀愛是生活情趣之一，不是人生盲目追求或滿足的事。這也是文化不同，所以想法不同。

當然，一個香港女生，好端端不會突然變成鬼妹的，師傅也不是想港女都去扮鬼妹。鬼妹之所以是鬼妹，港女之所以為港女，是文化背景和成長環境各有不同，自然而然形成的。師傅想說的是，當我們搞清楚一些背景和條件，很多事情也變得容易接受一些。

學會先愛自己

當你明白這一點，請問問你自己：「會唔會係我之前發生過某些事情，令我對愛情產生咗過多嘅顧慮，加上自身嘅條件同心理狀態，先得出單身呢個局面？」

很多女生日日跟閨密訴苦：「點解上天對我咁差！我都唔知道點解自己會單身咁耐！」師傅想問你一句：「你真係唔知道咩？」其實一定有些因素令你單身，師傅當然知道你在想甚麼，可能當下你也說不清，但你應該想到很多可能性，例如是樣子不夠漂亮、學歷不高，或者性格太強勢、不夠溫柔體貼等，種種你不想面對的缺點。

Never mind，這是你的真實一面。

師傅想告訴你，去愛別人之前，應該要先愛自己。這個章節的內容都是關於這個道理。真實的你並不完美，不要緊，每個人都不完美，不需要自卑。自信要靠自己建立，如果你發掘到自己優秀的一面，自然會散發自信。

緣分快到了

處理好自己的心態，緣分到了，自然能脫單。不過師傅還是勸大家不要太「佛系」，始終香港男少女多，好男人越來越

罕有。不要收埋自己，多去聚會和約會，才有機會遇上對象。

記住，到哪裏都帶着自信，知道自己有甚麼條件去配對怎樣
的人，緣分很快就到了。

脫單這個大 project

如果以香港文化去看待愛情，其實把它當成一個 Project 或
一門 Business 也不為過。香港人比較現實，凡事都在意成
敗。老實說，其實做人做事，目標定下來，心方可以定下來。
秉持着這種態度，脫單這回事就在你掌握之中了。

接下來讓師傅來教教大家，單身的你應該怎樣開始為自己打
算，不論是正念心態，或風水玄學方式，一定能幫助到你。

＜自身條件不錯卻一直單身？＞

宇宙如此浩瀚，一個人單身可以有數不盡的因。可是，這樣不代表你就可以坐視不理，怨天怨地。如果你在苦惱為甚麼還是單身，師傅要問你一句：「你有無搞清楚，自己到底係咩類型嘅人？」

只懂要求男人

一心只想着脫單的人，只要一個不留神，便容易被自我的能量和磁場支配。有些女生一味要求男人怎樣怎樣，要有錢、有樓、有車、貼心、孝順、大方，對自己呢？從沒要求，甚至沒有認真去想自己是甚麼料子，這樣是不該的。你沒聽過以前陳百強唱：「莫道你在選擇人，人亦能選擇你」嗎？很動聽，也是至理名言，就是說，你總不能只顧自己。

不是誰人也像我這般完美的，普世凡人沒有三尖八角，也總有些稜角。所謂「竹門對竹門，木門對木門」，如果你是一

個普通女生，便配一個普通男生。如果你條件中等卻自視過高，其實就會顯得低等，男生理你才怪。

港女性格

師傅在演藝圈也見到有些女藝人，明明條件不錯，相貌清秀，儀態萬千，身光頸靚甚至家底豐厚，為甚麼依然單身？

師傅雖然覺得很多人都是所謂的「外貌協會」，但內在美始終是不容忽略的。大家都知道，有些「港女」不是浪得虛名的，強勢和奄尖性格都是世界級的難頂。如果明知相處會充滿磨擦，一天到晚都要呵護着她，就算是個大美人，一般男人為了尊嚴也不會自投羅網。

反省自己

所以師傅建議大家看清楚自己的 package，否則恐怕有排單身了。睡前反省自己，起床照照鏡子，很簡單而已。對自己誠實一些，當你看清自己，衡量到自己的條件，你可以追尋的目標就會逐漸清晰。

選擇對象，就是衡量條件。不只你在挑人家的優點和缺點，別人也同樣在挑你。大家要知道，脫單不是單方面的事，是要兩個人雙向互動才成事。

女仔要 wake up，

知己知彼，面對現實。

七師傅贈你幾句

不管你有沒有情人，請先愛自己

時時刻刻想談情，分分秒秒要說愛，到底人與人之間，甚麼叫做「愛」？

愛一個人，就是對他好。很多人以為這個「他」就是指那個令你心卜卜跳的他、令你朝思暮想的他，這樣的層次可能是你道行還未夠。要愛人，請先愛自己。

對自己好一點

事實上，不管你當下有沒有情人，愛自己都是最重要的。

聽起來很虛嗎？嘗試 pay attention。前面就提過了，「愛一個人，就是對他好」，所以——要愛自己，就是要對自己好。

生活上，香港女生不愁沒樂子。喜歡美容扮靚的，可以去做

facial 敷 mask、行街 shopping；喜歡吃喝的，可以去咖啡店 high tea 打卡；喜歡運動和戶外大自然的，可以去做 yoga、行山郊遊；喜歡趣味娛樂的，當然是追看《七救星》、《七福星》，還有好多方法，都數不完呢。女生們也不是不知道的，只不過，你不捨得花時間花錢對自己好。

享受「鍾意」和「擁有」

很多女生聽過師傅這些建議後，立即就說：「師傅，我真係好忙無時間嘛」、「要使好多錢喎」。Come on Baby，要捨得對自己好，不能太孤寒。節儉是美德，都要自己高興先得，好嗎？

留些時間給自己，將日常煩惱暫且放下，經濟上負擔得起的，哪款美食想試試就買來吃；看中了哪件衫就買來穿。簡單點，輕鬆點，讓自己享受「鍾意」和「擁有」的感覺，讓自己從心發出一句：「噢！生活真美好。」

眾生有我 愛人自愛

記住，不管你有沒有情人，請先愛自己。換句話說，如果你不夠愛自己，你也很可能無法好好愛你的情人。

佛家常說「愛眾生」，不要忘記自己也是眾生之一，我你他，都是宇宙其中一個個體。對自己好，其實只要激活體內的能量，你自然就知道甚麼是愛。

愛眾生，不要忘記你也是眾生之一，

愛眾生，也要愛自己。

七師傅贈你幾句

‹變幻裏找回自我›

愛情很浪漫，所以我們渴望；愛情也現實，所以我們需要。偏偏人與人之間的愛情關係就是那麼不穩定，沒有所謂永恆，整個世界都是在變幻當中，沒有誰能掌握將來發生的所有事。

我們體內的元氣要與世界的能量產生平衡。如果能淡淡定地做回自我，就是平衡的體現，這樣就可以不那麼怕被外在的事情動搖。

愛到失去自我

我們間中會看到娛樂新聞報道「某女星和某某舉行世紀婚禮」，不用多久後又有報道說「童話破滅世紀離婚」，再過兩天竟然報道「某女星與初戀情人越洋閃婚」。這些花邊新聞你們都比我更 update 了。

有些女生在尋找真愛的過程痴心錯付，愛到失去自我，就一直執意要找到人生中最終極的 Mr. Right，到最後結束關係

時，原來已遍體鱗傷，不敢再愛了。而且很多男人追求刺激，喜新厭舊，結婚對他們來說也不是永恆的承諾。

趁單身認識自我

有時候，重回單身是一個啟示，是上天在告訴你，你一直都愛得不對。為愛瘋為愛狂的女生我見過太多了，師傅都一一帶領她們修行，重回正軌，也就是好好做回自己。

曾經試過有個快三十歲的女生來找我，她叫梨小姐，那時候她剛剛和拍拖快十年的男朋友分手。我問：「你平時有咩興趣，睇有無志趣相投嘅男人介紹畀你。」梨小姐說：「呃……唔知道喎。」然後我問：「做運動曬太陽嗎？定係看書看電影之類？」梨小姐猶豫地說：「好似都 OK，但又麻麻地，我都唔知道……」

連自己好動好靜都不清楚的女生，應該連自己的性格也不太認識。這樣是非常不好的。

如果你平常的個性是幽默活潑，拍拖時跟另一半相處也應該要幽默活潑，如果你是文靜溫柔的，拍拖時就是文靜溫柔型的女友，不需要刻意換成另一個模樣的。

養活真正的自己

除了性格上，財政獨立也是好好做自己的一大條件。自給自足，不要依賴別人養活。當你擁有自我，就有退一步的空間，不會每事都那麼緊張。這樣，你在關係裏都會更被尊重。再講得豁達一點，不管單身與否，你都可以活得自在。認識自我，成就自我。It is good to be yourself。

如果能淡淡定地做回自我，

就是平衡的體現。

七師傅贈你幾句

‹不同時期的單身態度›

如果一個女生在人生不同階段來跟我談姻緣談感情，在她二十歲，或三十歲、四十歲時，我給的答案會是不一樣的。

有人以為玄學風水可以「一本通書睇到老」，但人總是現實的，說到脫單，年紀是大家都無法忽略，甚至是其中一項關鍵的條件。

情竇初開

未拍過拖的話，師傅建議你一旦遇上心儀對象，就主動暗示，別讓機會白白溜走。師傅遇過好幾個年輕的妹妹，是客戶的女兒，談起愛情事就非常羞澀。師傅當然知道她們內心對愛情有一種憧憬，不過，妹妹，整天沉醉在幻想裏真的好嗎？

一味等待的話，機會是很渺小的，青春珍貴啊，因為你的對象身邊必定會出現其他女生的。不過別怪師傅灑一點冷水，別太期望初戀就得到滿足幸福，人要受點傷才會成長的。

花樣年華

十八無醜婦，其實二十廿五也無醜婦的。

花點心機打扮化妝，不要太吝嗇添新衣的費用，多讀有文化的書，增長知識，展現應有吸引力，脫單應該不是煩惱。

如果遇上對象，感覺對了，就發展一下吧。所謂「有殺錯無放過」，百無禁忌，打開自己的心窗，為將來感情生活健康，要拍多些拖，豐富經驗和閱歷才會成長。

成熟中女

我認識一位前香港小姐，「以前」是美貌智慧並重，年輕貌美，條件很好，自然多人追求，但這已是好多年前了。她現時正單身，卻仍然用同一套準則去找伴侶，眼角一樣高，你說可不可能成功呢？

單身多年，總是未能脫單的你，I'm sorry，但聽師傅勸：請自我反省一下。

這位前港姐沒有好好衡量自己條件，沒有 wake up，面對現實。社會總覺得「年紀大唔值錢」，師傅知道是很難聽的說話，但不到你不服。

隨年齡改變的單身策略

後生女落入單身狀態，一般而言也沒有甚麼好怕。很多人相信年輕就是本錢，想跟不同男生發展的可以勇於試試看，想等真命天子出現的可以慢慢等。後生就是任性，沒有太多經驗就沒有太大的包袱。

年紀大了，如果你單身得自在，師傅恭喜你；如果落入單身狀態後，仍然想追求愛情，但對於脫單不敢太過樂觀，it's normal，師傅告訴你，總有辦法的。Be patient and read this book，你一定會有所得着。

經驗和閱歷才會使你成長

乜師傅贈你幾句

＜沒自信的人難脫單＞

同樣是 Single lady，但「單身」和「無法脫單」的情況是不一樣的。

「單身」是愛情狀態，單身可以不追求新戀情，而且可以追溯上段感情結束的原因，有時實在複雜得可以寫成長篇故事。至於「無法脫單」，則是一種愛情心態，要探討為甚麼找不到對象，為甚麼不能吸引別人等等。單身的人可以很自在，但無法脫單的人卻每天都心癢癢的。

自卑源自過多的比較

有一種人是很難脫單的，就是沒自信的人。準確點來說，是沒自信的人總覺得脫單很困難。他們心態自卑，覺得自己不配擁有好的東西，尤其是感情方面。

女人很多時是發現自己條件不夠好，與人比較起來，就開始

失去自信。舉個例子，當你知道心儀的男生傾慕某個IG女神，每張相都按心心，你心裏便出現一個「佢真係好靚女」的念頭，慢慢變成「我唔夠佢靚女」，再演變成「我唔靚女」，卻忘記了，自己其實長得沒有那麼差。因為太多比較了，自己變得越來越自卑。

靚也不一定有自信

這裏剛好帶出一點，很多人以為只要有美貌就有自信。其實從面相去看，擁有美麗的臉孔也不一定代表有自信的。

「師傅，其實我係一個好無自信嘅人……」這句話我聽很多，你以為是出自我的信眾嗎？不，我是從藝人朋友口中聽到。大家都覺得很意外吧？當明星都那麼上鏡了，又有粉絲支持，為甚麼會自卑呢？我們從面相方面去看看。

一臉看出心底的自信程度

一、 額頭低

額頭低的靚女，通常不願承認自己是漂亮的。而且她們大多經歷過曲折的感情，即使在喜歡的人面前，也會自卑起來，

覺得自己這樣那樣不好。有些甚至不相信對方會對自己有好感，不敢接近對方。

二、眉毛淺淡

眉毛淺淡的女生，總是把別人的優點與自己的缺點比較。她們把自己的缺點放得太大，認為自己不及別人好，但事實通常不是這樣，她們反而是很多人的羨慕對象。

三、沒有耳珠

耳朵無耳珠的女生，運氣不太好，信心無法建立是因為總是遇上不好的事情。此外，她們有時對自己要求太高了，當結果發現原來是做不到的，便一下子失去信心。

四、顴骨較高

顴骨較高的女生性格較極端，一旦遇到比自己優秀的人，就會突然很沒自信，但明明她本身條件都是不差的。她們容易懷疑自己的能力，一次遇上挫敗，就會失望很久。

五、嘴唇太薄

嘴唇薄的女生說話非常刻薄，總是點評別人怎樣，很少說自己。其實這都是源自內心的自卑，想要靠一些話來掩飾，靠踩低別人來抬高自己。

改善條件重拾自信

天生麗質的女人的確不多，像我這般的確很少見。就算樣子不錯，也總會有自卑的時候。其實女生始終要知道自己缺少甚麼，然後努力改善和補足。

外表不夠漂亮，學學化妝打扮，或者找到屬於自己的時尚風格，一樣可以很注目。覺得自己一無所長，就多花時間往自己的興趣方面鑽研，知性美也是一種美。是的，每個人都可以靠後天努力，令自己條件變好，挽回應有的自信。

始終要知道自己缺少甚麼，

然後努力改善和補足。

<「三不」脱單營養套餐>

脱單與否除了參考風水命理和考慮時機，你是否 ready 也是很重要的。道理說得有點多了，師傅在這一篇扮演營養師，你可以跟着這個餐單，調理身子和心理，迎接脱單的日子。

不要經常群女人堆

香港處處都是女多男少，別以為只是辦公室現象，師傅聽說連地盤都多了女人，可想而知好男人真的很缺貨。

兩三個閨密間中聚會，互相傾訴心事是可以的。但如果上班時吃 lunch 又是一班女人，放工後去做瑜伽又是一班女人，週末去野餐又是一班女人，那不就像偏食的飲食習慣嗎？一味埋女人堆，太不均衡了，不健康的，始終要和男生有所相處，才能造就脱單的機會，就算找不到對象，也可訓練下與異性相處的言行舉止。

不要對前度念念不忘

談起以前的感情，女人很容易就脆弱起來，就算那是一個很爛的結局，都總能在回憶裏想起往日的美好。甚至有些癡情的女生，一直在苦候復合的機會。

師傅可以告訴你，前度只是一個沒有 L 的 Lover。跟着默念三次：It's over，It's over，It's over。要是想脫單，一定要將前度排出體外，位置就留給下一位吧。

不要介意別人的感情經歷

如果你一旦知道對方的感情經歷非常豐富，便產生莫名的反感，這是「感情潔癖」表現，追求感情上的純潔和忠誠。這種反應就像食物敏感，像吃了海鮮出紅疹，來得洶湧。不過食物敏感是天生的，感情潔癖是後天的。想要脫單的話，師傅建議你放下這方面的執着，看待別人別放太多前設。沒有人是完美的，也不太需要這樣完美。

前度只是一個沒有 L 的 Lover，

It's over。

＜快速約會的契機＞

有句至理明言：機會是留給有準備的人，就算真命天子從天空跌下來，在你接得住之前，好大機會已經被比你更飢渴更 dry 的女人擒住了。

所以，男人同錢一樣，都是要靠自己出去找的。不過人總要面對現實，當你真的出去找的時候就知道，一街都是女人在搶。

既然已經是科技發達的時代了，不如順應潮流，給個機會讓科技協助你。

App 中自有主宰

坊間有很多不同的交友 App，簡簡單單按幾下，分分鐘就配對上一個男人了。詳細流程和步驟師傅不太清楚，因為沒有機會玩。不過來找我的信眾有時都會跟我分享，當中也有成功的故事。有心想要脫單的人，玩一玩無妨。

成功故事分享

我來說一個客人分享給我的故事。她叫菜小姐，菜小姐條件不算特別好，年紀都不小了。她上一段感情分手分得很低調，可能朋友們都不知道，所以身邊沒有人為她介紹對象。而且她工作忙碌，放假又想休息，活像個宅女，機會就更少了。

菜小姐單身好一陣子之後，開始想有個膊頭可以依靠，於是下載了幾款交友 App 試試。可能因為她在 IT 公司工作，三兩下手勢就玩熟了其中一款 App。她說 App 始終可以利用背後大數據運算，給她配對的應該錯極有限。對我來說，世間所有事情都是錯極有限的。她有信心和渴求，這股能量吸引了她心儀的男生，好快就拍拖了。後來我才知道那男人是商場的 CEO，她總算找到幸福了。

開啟求偶模式

師傅不會評論交友 App 的功能如何或優點缺點，但可以說，交友 App 令男女都進入求偶模式，像貓在發情期叫幾聲，貓公一定衝過來的。因為大家知道大家在求偶，心都打得比較開，都 welcome 不同人。

當然，很多人擔心網絡世界的玩意當中容易被騙。What？Too outdated！今時今日，網絡世界根本已經是現實世界不可或缺的一塊了。如果你覺得「交友App九成都係衰人」，

其實你是覺得全世界九成都是衰人，會嗎？

如果你相信兩個人能夠相遇是緣分，那麼網絡或者交友 App 也不過是其中一種途徑。天要你們遇上的話，在公司成為同事是緣，在海傍跑步時碰見是緣，同樣地，在 App 裏被配對也是緣。

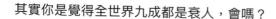

關於被騙

老實說，蠢的就會被騙了。渣男在線上騙人，同樣也可以在線下騙人。線上起碼大量選擇，先學精明一點，就更容易抓緊好姻緣了。

至於有些人很在意「照騙」這回事，師傅勸你，就算中伏了，也不要太介懷。在不合眼緣之前，他至少都陪過你一下，也是一種功德。放過別人，放過自己。

騙局避得過與否，且看你的修為。按自己條件去配對，好高騖遠不可取。目標出現了，切忌心急，適時約出來見面。還有一點，永遠不要在 App 講錢。

線上騙人的人，
在線下同樣騙人。

師傅教路
七招增強桃花運

《詩經》入面的〈桃夭〉第一句是「桃之夭夭，灼灼其華」，這是一首祝賀美麗姑娘出嫁的詩，我猜大家不用上網搜尋也能大概知道，這是一個桃花盛開的情境，作者以桃花比喻美麗姑娘。

「桃花運」一詞的含義，大概是源於此。不過，師傅在這裏不花時間講經了，大家最關心的，一定是如何增強自己桃花運。以下有七招建議，非常簡單，人人都做到的。

➤ 斷因果

✦✦ 桃花運不好，都是因為上世犯淫邪、殺生多。這樣的話，今世你要誠心懺悔，做功德、做慈善，才能斷因，不用承受惡果，老是碰上爛桃花。

➤ 學習笑

✦✦ 師傅經常覺得，大家想笑便隨便笑。笑容能增強一個人的能量，令人散發吸引力。笑多點，人就像一顆星星在 shining。記住一點，兩邊嘴角要明顯向上揚，這種笑容桃花比較旺盛。

➤ 好好着衫

✦✦ 好多女生以為衣着暴露、袒胸露臂，就可以吸引男人。也不是不對，但只吸引他們的眼球，有甚麼用呢？「着靚啲」、「着靚啲」，着了才會靚啲，衣着斯文大方都可以很漂亮的。還有一點，少以黑色為主調，顏色鮮艷，紅紅粉粉才會旺桃花。

➤ 催旺家中桃花位

✦✦ 從風水角度，每個住處都有其對婚姻愛情的相應位置，即一般人所說的「桃花位」。想招好桃花擺脫單身，可以擺放我的能量塔，催旺家中桃花位。不同生肖的桃花方位如下：

✦✦ 屬虎／馬／狗：東

✦✦ 屬蛇／雞／牛：南

✦✦ 屬猴／鼠／龍：西

✦✦ 屬豬／兔／羊：北

➤ 擺放水種鮮花

✦✦ 要在家中擺放鮮花，擺紅色玫瑰或百合比較適合，插在花瓶用水養着。想要脫單的話，記得每日換水，保持清澈，保持 pure，跟你的心靈一樣。花瓶最好不要選奇形怪狀三尖八角的，呈圓形的才能轉動能量，帶旺桃花。

✦✦ 另外記得一定要水種的花，乾花是不行的，切忌放菊花或白花，會容易招陰，意頭也不好。

➤ 不可以壞壞

✦✦ 奉勸各位女生，不要去品流複雜的地方冒險認識男士，普遍來說都不會有好結果。因為他日有爭執不和，對方總會猜忌並覺得：「在酒吧認識的，本身就不是好女仔」，自然不會珍惜你。順帶一提，煙要抽少一些，因為會影響元氣，就算催旺了桃花，你的氣場也承受不了。

➤ 師傅牌人緣粉

✦✦ 師傅有自家製的「人緣粉」，用鮮花提煉，並施展過魔法。怎麼用呢？要放在鞋子的裏面，注意不是灑在上面。因為每個人雙腳每日都要行路，只要腳踏人緣粉，全身就會有強勁磁場釋放。

✦✦ 以前有個紅遍全國的女星，經常來向我請教指點，就算沒空都叫經理人特意到我在深圳的佛堂買人緣粉來浸浴、搽面，用後工作接踵而來，貴人不絕門前。後來因為工作地點太遠，她少了來拜訪，之後就出大事了，事業一沉不起，昔日的工作伙伴都離她而去。所以效用是很明顯的。

43

chapter 02

結識篇

遇到了就
不要錯過

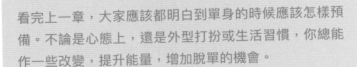

＜七師傅講緣分＞

看完上一章，大家應該都明白到單身的時候應該怎樣預備。不論是心態上，還是外型打扮或生活習慣，你總能作一些改變，提升能量，增加脫單的機會。

不過，從單身到脫單，是需要經歷一些過程的。這一章，就要帶你進入「求戀期」，講到相處和追求的秘訣。

「單身狗」也可愛

師傅常常聽人講「單身狗」，聽上去就是帶有貶義的說法。師傅想問，大家有放過狗嗎？

狗也有不同神態的。無心求愛、沒自信的人，才會像流落街頭的狗隻一樣，孤獨而落魄。如果你的內在外在都預備好，散發求偶的能量，你一走出去，就是一隻可愛的狗狗，不論是同類還是人類，都會覺得討喜。

不要再拘泥於「單身狗」這個稱呼了，就算是，你也要當一隻可愛的、愛出去散步的狗狗。晚飯後出外逛逛你就懂了，

師傅乜都知 ✦ 愛情戀咁嚟

46

那些毛色和眼神都散發着魅力的狗狗，散步時總是被包圍着，很受歡迎，人人爭着抱抱和拍照。這跟想脫單的人應有的能量是很相似的。

機會在外面

大家記住一點：The chances are out there。外面一定有很多機會的，意思是說，只要走到自己原有的生活圈子或領域以外，你會遇見以前沒遇到的。這個「外面」，有時所指的真的是外地。

師傅就是最佳例子，我的 Honey 是來自荷蘭的俊男。以前和我拍過拖的男生，都是洋人，因為我早年在外國生活過。

回想我和 Honey 的相識過程，有不少細節我仍印象深刻，我覺得我們在一起之前那段日子都過得很有價值。後面我再跟大家慢慢分享。

不論是西方國家的洋人，還是附近亞洲地區的外國人，當中不乏對香港女生有興趣的男士。他們眼中，可能會看到我們獨特的優點，或者是香港男生不怎麼欣賞的特點。

Hong Kong is small，the world is big，雖然疫情帶來阻滯，但是不要被地方限制想像。如果你在香港情路一直走不順，那就別把自己困着，走出去，飛出去，在香港以外的地方尋覓對象。

終於遇到的時候

這裏也好，那裏也好，遇到了對象之後，你一定會問自己：
是他嗎？師傅告訴你，前世種的因，今世結的果，緣分就是
這樣註定的。

當因緣際會造就了你和他的相遇，接下來的也無謂計算太多。
最好是全情投入，享受相處時刻，感受彼此間的能量。順其
自然，說易行難。畢竟當對象出現了，就會有各樣的問號在
你心中浮現。

女生追求男生

傳統一點的女生，多數會覺得女孩子要矜持，主動追求對她
們而言是有點不好意思的事。師傅覺得，這樣的想法實在太
老套了。

你看上他時，別的女生也看上他。你不讓他知道，他也沒有
着急，然後你就只能眼睜睜看着他跟那些主動的女生發展，
然後很快就沒有然後了。

如何主動追求，也是一門藝術。太主動的，有可能嚇走你的
對象；太低調的，又把握不住機會。當中的巧妙之處，的確
因人而異，而這章的內容，希望能幫助你放下固有思想。

愛我的還是我愛的

另一個經常有人問的問題，就是究竟應該選擇自己喜歡的人，還是喜歡自己的人。有選擇的空間，聽起來像很「巴閉」，不過當你真的陷入這種處境的時候，我猜你也不會覺得這是幸運的，真是阿彌陀佛。

這個問題牽連到前後不同階段的一些考慮，當中有些原則是比較值得重視的。該捉緊甚麼，該放下甚麼，大家可以看下去，便知道師傅有何建議。

如果遇上渣男

還有一個排行第一的題目，就是遇上渣男要怎樣做。師傅看過太多女生，因為急於脫離單身行列，一下子橫衝直撞了，遇上了渣男卻只能後知後覺。這類個案就像交通意外般那麼常見。師傅會從風水玄學角度着手，例如簡單入門的面相學，幫助大家辨別渣男，擋住爛桃花。

緣在天定，分靠人為。結識到好對象後，如果懂得把握機會發展關係，只要做對了，就像整個宇宙都在幫你。有師傅在，各位單身的朋友也就有福了。

‹ 我與 Honey 的邂逅 ›

♥

大家都知道，我的 Honey 是外籍人士。大家如果有追看我的電視節目，應該有幸一睹他的俊俏臉龐。相處至今，我們依然很 sweet。第一次見到他的情境，我仍記得很清楚。

無心插柳

我和 Honey 是在一場 Fashion Show 上認識的。那時候我單身，受一位外國男士邀請出席，他給我 VIP 的位置。我感受到他對我的好感，但我卻沒有心動的感覺，不過盛情難卻，便應邀出席。

場內人山人海，但冥冥之中，Honey 跟我的眼神對上了。我記得那一刻，我覺得他很面善，非常面善。他也看着我，不過下一秒就被其他人干擾了，現場很多外國美女，有好幾個是整晚圍着他轉。

直接表達

活動結束之後，他主動過來問我，要不要去喝一杯。我猜，他應該是對我有點意思了，所以我說：「好，let's go。」我的回答很爽快，因為要讓對方都感受到我有意思，我知道外國人比較喜歡這一套。

那個晚上我們一起跳跳舞，談談天，更交換了電話，他也有送我回家，非常 gentleman。

主動爭取

翌日，我們反而沒怎麼聯絡。真是出乎意料，怎麼會這樣呢？我覺得很奇怪。難道他是有婦之夫，前一晚只是玩玩？一向處之泰然的我居然這樣想。

一天過去，還是沒有動靜，我決定主動發個訊息。是真的，幸福始終要自己主動爭取。一聯絡上，才發現原來他也在等我。

原來他以為當晚在場的另一個男士，是我的男朋友。他和那位男士也算是朋友，為了不破壞友誼，所以便不主動聯絡我。聽到之後我當然覺得很開心，原來我們被對方吸引着。

互相吸引

之後，我們也順理成章地約會。他約我去香格里拉酒店吃飯，我心想：在樓下吃飯就好，別想着去樓上。而他當然沒有做多了，果然是可靠的 gentleman。

一次約會的快樂感覺，又促成了下一次約會。我們的發展是慢慢來的，不像是速食的愛情。這也代表大家的價值觀相近，這點很重要。還有其他相處上的點滴，令我後來就認定，是他了，他就是我的 Honey。

就算是師傅我，
也要自己主動爭取愛情的。

乜師傅贈你幾句

＜我的愛人在哪裏？＞

我在外地生活過一段日子，也在不同的歐洲國家逗留過，克羅地亞更加是我玩晒。我留意到一件事情：我對於外國男人是有一定吸引力的。

外國人眼中的港女

我是鼓勵單身女生放眼全世界，尋找適合對象的。因為香港男人實在太少。有些女生找不到對象，以為是自己條件不好，其實不一定的。在外國人眼中，她可能就變得如珠寶般珍貴和吸引了。

其實很多外國人都會覺得香港女生很漂亮，認為五官輪廓很有東方美態，加上嬌小身軀，份外性感。有些人也會對香港女生有獨立、能幹、聰明的印象。這些在初見面到相識這段期間，都算是優勢。

我覺得外國人普遍比香港人更懂得欣賞別人的內在。如果你本來就是外向型的，性格又不錯，那就不妨開拓與外國人發展的機會。

中西有別

不過，跟外國人相處過就可能會明白，文化差異是需要認真對待的事情。初相識時，雙方可能都比較客氣，對於大家不同的文化背景和教養，都盡量包容。像你剛到法國旅行，都覺得老舊建築很浪漫，是吧？

到你要定居下來，你就發現了，原來法國的街道比香港骯髒得多，交通比香港麻煩得多。通常都是這樣的，當「外國」要變成生活一部分，就另作別論了，人和地方也是類似。

其中一點比較明顯的分別，因為西方人是追求個人主義，所以他們其實經常都顯得自私，與家人都會計較。對親密的人不留情、不留戀，非常絕情。相比華人那種念舊情、重親情的價值觀，真是差天共地。

外國不一定是西方

如果始終覺得香港真的不是你地頭的話，那可以考慮附近亞洲地區的男人，至少思想文化比較接近。不過師傅奉勸你一

句，日韓的總裁和健碩型男是電視劇裏才有的，世上哪有這麼多玄杉、李敏鎬，不要太多幻想。師傅自己反而對新加坡男人印象不錯。

當然，地球這麼大，不是說外國人就一定怎樣怎樣。師傅覺得，如果你在外地生活過，有一段日子浸淫在西方文化之中，那你要跟外國人發展情緣的話，就自如得多。否則你可能會迎來太多不適應，反而得不償失。

當「外國」要變成生活一部分
就沒那麼吸引了，
人和地方也是類似。

七師傅贈你幾句

＜緣分到了就珍惜＞

經常聽到一個說法：「世間所有相遇，都是久別重逢。」
寫得非常優美，師傅則會用兩個字表達——「整定」。
緣分早已註定，今世的你和他能夠遇上，因為早在前世
已經關係匪淺。佛家說：「人來到世間都是來還債的。」
前世的恩怨情仇，點點滴滴累積，成了今世要還的債。

是他不是他

知道為甚麼會有一見鍾情的感覺嗎？因為你們前世已經見過
面了，不過，你們可能記不起對方是跟自己有恩還是有仇。
如果有債，要如何還給對方呢？這時候尚是未知的事情。

回到現實的場景，從你認識一個對象開始，你可能一下子就
產生了好感，又或者是相處一陣子慢慢才有好感。心急的你
可能很想知道，是他嗎？到底是不是？我應該認定他嗎？

緣分要重組

師傅覺得，緣分雖然是整定的，但帶到來今世，二人之間到底怎樣 build up，二人的 energy 如何互相影響，都會左右到緣分的程度。

所以你不用急着去問：「Is he or she the right person ？」自然一點，慢慢相處就好。先了解對方興趣和生活，當發現了相同的興趣，相處又融洽，可能就是緣分驅使，要你們再走近一點。相反，如果有矛盾的地方，自然感覺格格不入，終於也會落得各自修行的下場。

至於那些到底愛不愛、究竟喜不喜歡的問題，不要一直問了。太有目的或是公式化的相處，其實會令人無法享受和投入。到時候彼此的好感都飄走了，還談甚麼情，說甚麼愛呢？時間就是緣分的測試劑，滴滴滴、答答答，任由時間滴一下，時機到了，就會有答案。

世間所有相遇都是
「整定」的。

師傅贈你箴句

‹為甚麼經常遇上爛桃花？›

有些人怕單身，更怕遇上爛桃花，倒楣起來爛桃花更老是出現。為甚麼會這樣呢？有時候是註定，有時候是自找的。

命帶紅艷

八字命理告訴我們，如果你命帶「紅艷煞」的話，是的，爛桃花真的老是常出現。紅艷是四柱神煞之一，是一種女性專用的桃花煞。如果命格中沒有其他東西擋住，再多男人追求，再多心上人出現，很可能也只流於爛桃花。

命帶紅艷的女生通常長得漂亮之餘，異性緣非常旺，同時多情又浪漫，感情生活豐富到不得了。問題就是太容易吸引人了，那些男人一見已經心動，走到哪裏都難逃被追求的情況。

愛爛的性格

換個角度，遇上爛桃花，很多時候是關乎本身的性格。有些女生總是很容易喜歡上壞男人，那些浪子型、不羈型，越是無法駕馭，就越想要駕馭。

這感覺反而令她們覺得很有挑戰性，屢敗就屢試。跟壞男人談情，怎會長久呢？一段感情告終後，這些女生總是犯重複的錯，又投進另一個壞男人的懷抱。這樣的話，也就容易理解，為何爛桃花老是常出現。

自我控制是關鍵

另一方面，始終要從自我出發。想一想，為甚麼次次都被壞男人吸引呢？為甚麼明知發展下去也不是好姻緣，都要一頭栽進去呢？你的性格和偏好，不知不覺成為了爛桃花的養分。

如何打破這個循環？師傅建議你嘗試着實地改變自己的偏好和習慣。大隻鮮肉一般都吸引到你，文藝書生要不要試試看？才華洋溢通常令你心心眼，風趣幽默會不會都可以令你心動，換你甜絲絲的笑？

最重要的，明明知道他是 bad guy，但你覺得很有 feel 的時候，會不會提醒自己盡量清醒一點？

化解總有法

當你覺得自己老是遇上爛桃花，其實只是你未用對方法去化解。

命格一出生已定，要從兜兜轉轉再循環的爛桃花中逃脫，找師傅做法事，破解命中的爛桃花星，必然是出路，同時也不能少看自己的意志。

性格和偏好，

成為了爛桃花的養分。

乜師傅贈你幾句

〈選擇愛我的人，還是我愛的人？〉

一般單身人士所苦惱的，都是苦無對象，希望師傅能指引他們早日「出Pool」。也有一種煩惱，是聽起來令人妒忌的，就是對象太多，不懂做選擇。

桃花正旺時

幾多個才算是太多呢？師傅跟你說，若你是不夠智慧應對的話，一個也會覺得太多。如果你充分了解自己，知道自己內在外在的條件，清楚自己在追求怎樣的對象和怎樣的生活，就算有三五七個對象圍住你轉轉轉，你都會知道甚麼是對的選擇，並且相信自己所選的。

有些桃花正旺女生，身邊不乏好對象，甚至都已經開始了多線發展，卻始終抉擇不了。這種女生，師傅遇過不只一兩個

了，她們都走來跟我說很相似的話：「有個男仔好鍾意我，對我好好，但我好似對佢無太大感覺，但佢真係好好……」

通常等到那男生跟她表白了，女生就會半推半就地答應。初初拍拖的熱戀期還好，後來相處久了，十個有九個都分手收場的，因為僅有的感覺轉眼就淡化了，便覺得自己當時未想清楚，相處下來根本是種負累。

面對好對象卻有所保留，當中必有因。如果主因是沒有感覺的話，就不要累人累己了。

神女有心

另一個面對筍盤主動追求也猶豫不決的原因，可能是早就心有所屬，卻只蠢蠢欲動，乾等到黃昏。

通常是怎樣的情況呢？「我很喜歡他，他沒有很喜歡我，我應該繼續追求嗎？」如果你有這樣的疑問，好簡單，既然你都說得這麼清楚了，你都知道你們兩個人很難培養出甚麼來，那答案不就是已經出來了嗎？

這種局面，就算再多些相處，多些時間，對方都無法完全情願。好了，就當終於醞釀出感覺來，會 longlasting 嗎？男生內心難免就是覺得食之無味，棄之可惜，而不是傾心於你。

單戀是不健康的，拍拖一定要兩情相悅。既然兩個人是沒有這個緣分的，那在拖手前就要先放手，不要浪費大家的時間。

愛自己不要騙自己

師傅再提醒你一次，愛別人之前，要先懂得愛自己。真正的愛，是你眼中有他，他眼中有你，望對方眼神會知道的，不要騙別人也不要騙自己。保持好心態，不貪心也不強求，感情上就自然少點煩惱。

真正的愛，

望對方眼神會知道的。

七師傅贈你幾句

＜如何避免遇上渣男＞

「點解成日遇上渣男呢？因為你係渣女。」這番見解，大家應該在節目或訪問上聽我說過。

如果有女士聽完之後覺得被冒犯了，覺得自己沒理由是渣女，那麼，師傅愛你，我補充一下這個說法，可能你今世不是渣女，但上世是。

渣渣的宿命

風水上，這就是宿命。上世的你可能是沙沙滾，風情萬種，到處留情，積下了不好的因果，才讓你今世總是遇上渣男。

一次半次遇上渣男，也許可以怪那個男的；如果你接二連三都是與渣男發展了情感，那一定是自己身上的磁場不妥，才成為「渣男磁石」吧？

吸引力法則

師傅前面都提及過，女命屬陰，要入陰格才是正路。如果你的氣場邪邪地，吸引到的男人都會是邪邪地的。

想想看，如果你是一個渣男，遇上一個正氣善良的女生，你都會跟自己說「我咁人渣，好女仔點會喜歡我」，或者是「我要變好啲，等佢欣賞我」，對不對？用對的方法培養氣質，善心結善緣，渣男自然退散。

方法一：念經

每次念經裏的頻率，都是宇宙密碼。人生存在世都是靠能量，想改變自身能量磁場，靠的就是經文裏面的密碼。不論中西，按你信奉的宗教，誠心念經或祈禱。時常念經，最快一年見效，一般三年內一定可以改變。

方法二：盡量少吃肉

食肉就是殺生，會影響體內能量，人的脾氣也會猛烈一點。從健康角度，肉類含有毒素和激素都比較多，煮法都多油又熱氣。古代的後宮妃子，日日拜佛食齋，氣質高貴，仙氣都飄出來，不是沒原因的。

方法三：做慈善積福

做慈善，做功德，方可以增長福報，消除業障。福報不是註定或天神賜予的，一定是靠自己努力得來，是流動的能量。有福報的女生，惡緣不會埋身，甚至有可能令渣男改過自身。

要跳出宿命，改變自己命運，實在是不容易，說成是一場修行也不為過。不過不用擔心，現在不是要你們修煉成仙那麼誇張，保持正常社交，約會一下無妨，但謹記自己正在改變的事情。師傅建議的這些方法，你們要有耐性，試着跟從，慢慢改變。

如果你的氣場邪邪地，
吸引到的男人都會是邪邪地。

七師傅贈你幾句

＜女追男真係隔層紗？＞

師傅以前有個男朋友，他性格內斂，在女生面前比較害羞。可是我很清楚自己感覺，我對他有好感，所以便主動一點。結果是如意的，他見我給予他機會，也就敢表明心意，原來他也是喜歡我的。

幸福是要自己爭取

這個世代好像不太流行大男人個性，多了些怕醜仔，遲遲不敢向心儀對象表白。但不要緊，如果是你喜歡的，主動追求不是問題，在香港浪費時間才是問題吧。

師傅很鼓勵女生主動，因為幸福是要自己爭取，這份感情也更為可貴。你就想像自己在坐小巴，要下車的時候，一定要揚聲的，不然就會錯過了。

女追男不再隔層紗

俗話說：「女追男隔層紗」，意思是如果女方主動，男方一定會接受。

不過大家別忘了，香港女多男少，有選擇優勢的往往是男生，即是說，就算「送上門」，他們也不一定欣然接受，因為後面可能還有其他女生在排隊。

因此，主動是必須的，你總需要為自己爭取有利的位置。這些心理關口是時候找辦法衝破了。可是，主動地做甚麼才有用呢？

師傅告訴你，女生是要主動地「暗示」，不要錯過機會。既然是初相識的階段，無論如何也沒有太大損失，一定要抱持「有殺錯無放過」的精神。

談天說地

基本第一步，就是多溝通，增加聯繫感。談談最近的時事，這陣子忙甚麼，有沒有追看七師傅最近的節目等等。很多東西都可以是話題，初時就閒話家常，探索對方的興趣和喜好，之後再互相了解一下價值觀、愛情經歷，交流更深層的想法。

善用短訊攻勢

現在的 text message，都不只是用文字，又可以錄音，又可以發圖片、影片，還有 sticker 甚麼的，只要願意投入，texting 都是很好的交流。

談久了，就可以進一步分享自己的感受，例如公司上司今天怎樣為難你，你跟中學同學聚會後想起成長的故事，或是你有修行念經的習慣，都可以分享。

單獨約會

閒談時，也可以試探一下約會的可能：「你識唔識整蛋糕？其實加上核桃和杏仁好好吃，下次我哋一起買，一起試做好無？」很自然的邀約，就製造了約會的契機。

對於單獨約會，大家都心裏有數，進可攻時退可守，食餐飯、看場戲都很平常，不用等他先開口問的，總有些餐廳你很想去嘗試，或者有新上映的電影是你期待很久的，主動問他要不要一起去，這樣出師有名，就不怕尷尬了。

讓他回應你

謹記保持主動。師傅提點一下，不是飛擒大咬才叫主動，而是主動製造一些機會，讓他明確接收到你的意思，然後由他去回應。

例如去戲院看電影時，細聲說：「哎呀，好凍呀！」看他會不會將外套借給你。走在幽暗的小路，看到地上有小強爬行時驚呼：「救命，好驚呀！」身體緊緊靠近他，手也可以繞着他的臂彎，看他如何表現英姿。

男女之間的追求，有時候就像打乒乓球，一來一往，你要知道對方有沒有意思，對方也要清楚收到你到底是甚麼意思。而女生要主動，就等於是要練好發球。誰先展開追求，真是不太重要的，最重要是知己知彼。

女生要主動地暗示，

不要錯過機會。

師傅贈你幾句

＜八字面相簡單看＞

一男一女在初相識的階段，一定想盡快了解對方更多。
這個時候，八字命理和面相或許能為你解答。

八字入門

談及八字，首先要知道一個主要概念，就是「命」，或者「命局」。

人們經常說，一出世就要走去算命，因為八字正正是由一個人的出生年、月、日、時（即四柱）的天干地支排列組合而決定。任意舉個例子，「壬寅年丁巳月乙未日己卯時」，這就記載着八字資訊，方可算命。

陰陽五行

不過，單靠時辰八字並不足夠，還有陰陽五行需要掌握。五行包括金、木、水、火、土，相鄰相生，相隔相剋。

當中的奧妙，你不會以為師傅可以靠一篇文章教懂你吧？想全面了解的話，大概找我上課也要學好長一段時間。

在這裏，讓師傅來教大家一些簡單實用的知識——如何快速看面相。

面相重點看

男屬陽，面相最好散發陽光朝氣，一臉開朗，看起來精神爽利。具體來說，眼耳口鼻，要看甚麼呢？

眼睛方面，首先眼紋不能多，越多感情狀況越亂，而且一看就知有欠精神。

耳朵方面，耳肉堅實，一般較有朝氣，代表男生聰敏好學，將來會有不錯的成就。

鼻子大和濃眉一般性需要比較大，這個看你的個人喜好了。

入型入格

你看人時人看你。觀察別人同時顧好自己，百利無一害。女屬陰，陰要溫婉、沉靜、含蓄，一般是長髮比較適合，皮膚白皙，聲線柔和。

以上都是一般印象裏比較得體的模樣，如果你很有自信，以另一種姿態將真我展示於人前，師傅是祝福你的，找到真正懂得欣賞的 right man，是一種 blessing。

男女也好，入型入格，運才會好，到時一切自然好。

你睇人時人睇你。

七師傅贈你幾句

師傅教路 ♥ 好感度大增法

心儀對象出現了，如何令他騎上內心的那匹野馬，帶着情意朝你的心奔走？以下幾招，幫助大家吸引對方關注，令對方喜歡自己。

➤ 初一十五點蠟燭

✦✦ 在家中睡房，點紅色或粉紅色的蠟燭，放在小鏡子前面，靜候十五分鐘。時間要在天黑後，九點或十二點都可以。

✦✦ 記住點蠟燭期間要看着鏡子微笑，要輕鬆的笑，否則師傅擔心你可能會嚇到自己。還有，記得同時許願，希望心儀對象對你好感大增。

▶ 穿鮮色內衣

✦✦ 從脈輪學說上，底輪最緊要健康穩定。我們這些修煉身體能量的人都很重視。

✦✦ 當底輪能量低，就會缺乏安全感，容易焦躁。底輪在脊椎骨最尾的位置，多穿鮮色、粉色內衣褲，保持底輪能量，就會感到踏實，感情運會也因此比較順。

▶ 配戴寶石頸鏈

✦✦ 除了底輪，當心輪好，愛情也會順暢。如何將好的能量帶到心輪呢？很簡單，戴一條頸鏈，吊墜要在胸口附近位置，最重要是露出來的。上衣低胸一點點沒所謂，健康性感，不過分暴露是 ok 的。

✦✦ 吊墜要是寶石造的，鑽石當然好，但未必這麼容易擁有。粉色的寶石也會帶來幸福，而且也容易襯靚衫。或者，可以用上師傅研發的水龍珠，看上去似水晶，但神明的 magic 就在裏頭，顏色特別鮮艷奪目，能量比水晶強 100 倍。

chapter 03
相戀篇 ✉

當然相戀
意中人

＜七師傅談戀愛＞

這個章節，我要給讀者們一點 surprise，講甜蜜戀愛故事之前，先來點「麻麻」的——來説師傅以前在愛情路上觸礁的事情。

歐洲舊情人

那年在歐洲，是我們的第幾個春天呢？我不記得了，只記得以前我們兩情相悅，關係甜蜜到不得了。在這裏稱他為蘿先生。

在一個挺尋常的黃昏，我跟蘿先生約會食飯。高級餐廳的菜式很精美，我們喝了幾杯香醇的紅酒和白杯，浪漫氛圍令人陶醉。

二人燭光晚餐

這頓飯由他請客埋單，非常 gentleman 的舉動。不過，一眼關七的我察覺到帳單上的價錢好像貴得有點不合理。當下我不太肯定，沒有作聲，但在離開餐廳後我還是忍不住，於是便開口問蘿先生。

他輕輕皺眉，然後拿出帳單給我。「咦？點解上面寫九千幾？點解咁貴？」我仔細看過了，發現餐廳收了我們四人套餐的價錢。

「我哋唔係點二人套餐咩？佢哋收錯錢啦，你應該要佢哋退錢。」錢，我們都有很多，但我覺得餐廳有錯就應該更正，怎料他再次輕輕皺眉，然後說 Never mind，想就此算了。

他對我說：「唔麻煩啦，今晚最重要係同你好好相聚，be together，享受晚餐嘅 happy moment。」

獨自氣憤難平

他覺得在如此高級的餐廳，為金錢事而計較，有失身分同時影響氣氛，對他來說是麻煩的，而且尷尬得很。

我立即就回應說：「點會麻煩？帳單寫錯四人套餐，我哋分明係兩個人，你返餐廳叫佢哋退返錢，就係咁簡單。」我的

語氣越來越 serious 了，當時的我未有察覺有何不妥。

他一再推搪，然後我生氣了，把狠話都說出口：「你呢種性格真係唔要得，明明被搵笨，都唔會為自己爭取，有無搞錯？如果嫁畀你，將來肯定有唔少麻煩！」

本來一頓浪漫的燭光晚餐，我彷彿在火上加了油，變成熊熊烈火，將這段愛情焚燒。

蘿爸爸的郵票

那次之後，蘿先生還是有繼續跟我約會，我感覺到他對我用情很深。

有一次，我到訪他老家的大宅。蘿先生當時在整理已故蘿爸爸的舊物，發現一些中國郵票收藏品。

我很好奇，原來他是來自集郵世家嗎？他說不是，他才不懂甚麼集郵，不過蘿爸爸以前是個外交官，那些郵票都是很久以前到中國內地出差時，高級官員贈予他的紀念品。擱在一旁，就此成為遺物。

於是我便建議：「不如交畀我幫你處理，反正你都唔識。」他當時沒有甚麼反應。「你爸爸留畀你，但你又唔玩郵票，唔知道價值，留嚟做乜呢？」他一邊擺出輕輕皺眉的模樣，一邊默默把郵票簿疊好，讓我拿走。

後來我將郵票簿送了給喜歡集郵的朋友，想說成人之美。看似相安無事，其實又是心中一根刺。

心中一根刺

我們後來的結局當然是分開了。在說分手的時候，他重提這件事。

我記得，他很在意我一下子就把他爸爸留下來的東西轉送外人。我當時聽到之後，立刻就覺得：「點解呢個男人咁小器？咁記仇？」

成長後再望回從前的自己，只能嘆一句入世未深，任性刁蠻，別人爸爸的遺物豈能隨手送人？如果我當時站在對方的角度想想，一定不會做出這種衝動的事情。

熱戀的 Magic

說完這些故事，我們回到主題，談戀愛。

首先，戀愛是甜蜜、浪漫的。戀愛初期的熾熱，就是神奇的 Magic，讓你看到自己置身於一切美好當中。他是完美無瑕的；你們二人也是天衣無縫的。

師傅非常鼓勵在熱戀期談 romantic 的戀愛。真的，談戀愛都是為了自己的幸福，不開心的話，就不要開始；開始了，就要開心幸福。

不過，兩個人朝夕相對，始終要學會相處。你中有我，我中有你，這是一門漫長的修行。很多情侶在途中遇上阻礙，其實都是愛情的考驗，道行未夠的話，漸漸就各走各路。

師傅先前說的往事，正好給大家作個參考。

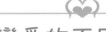

戀愛的不同考驗

與蘿先生的一段情，我很多時候只想到自己。我把自己的脾氣統統發洩在他身上。金錢的事情，說得太重；婚姻的事情，談得太早。

有些原則也是我太執着了，反而沒有顧及他的感受。我估計，他是因為覺得自己的空間越來越少了，所以才決定分開的。這裏說的不是住的空間，不是 space，而是內心感覺 freedom 的空間。

好好迎接戀愛

這個章節，師傅會從不同方面提醒各位，談戀愛要注意的事情。有些看起來像是潑冷水的重點，不要介懷，謹記師傅愛你。及早提醒，是希望你們不要走冤枉路，畢竟談戀愛是應該快樂的，準備好自己，就更放膽投進你 honey 的幸福懷抱吧。

師傅跟大家分享的，以前多少都領教過。戀愛，確實是人生裏重要的一課。

＜熱戀的神奇魔力＞

Love! Love! Love! 戀愛某程度上也是一種 Magic，會令你做出莫名其妙的事，而這些事情也莫名其妙地令你很開心。

尤其在你剛開始戀愛時，那種感覺是很 crazy 的。你的視線就像加了一層濾鏡，一層讓所有事情都顯得美好的濾鏡。

男友無缺點

「我覺得我 boyfriend 真係好好呀！佢真係好 nice、好 warm、好 perfect 㗎！」對，你的男朋友最完美，因為熱戀期的神奇魔力令你看不到男朋友的缺點。

師傅覺得這也不是甚麼大問題，因為口裏這樣說，聰明的你心中未必是這樣想的。

選擇性失明

一開始看着他的時候，你必定是帶着一份期待，即使有時他孤寒一些、邋遢一些、樣衰一些、脾氣臭一些，你心裏都會猜想：「他未必一直這樣的吧，他也有優秀的一面。」

其實有沒有缺點，相處過就知道了。相處時間短，暴露的缺點也一定少，時間久了，不拘小節的東西就出來。

女人都會放屁

變成情人後，男或女也好，一開始都會傾向隱惡揚善，小心地掩飾缺點，製造出完美的感覺。

舉個例，女人都會放屁，但不會想在男朋友面前放屁，因為覺得很不雅。男朋友當然不是聞不到，他也知道屁是臭的，但不會拆穿女朋友，以免她覺得醜怪。

短暫的魔法

熱戀期的Magic是短暫的，之後你還會經歷的不同戀愛階段，例如你們不再追求打扮得精緻地到日式餐廳吃飯，反而喜歡

穿人字拖、素顏到樓下茶餐廳食西多士；女生不再隱瞞自己三天不洗頭的習慣；男生也開始不刮鬍子了。

師傅再講一次，向對方表露一些生活上的醜態是沒有問題的，這都是人之常情。不要被沖昏了頭腦，以為你倆永遠是完美無瑕的公主王子。無論如何，在起初的熱戀期，最重要的始終是 enjoy。

女人都會放屁，
男朋友當然不是聞不到。

乜師傅贈你幾句

＜談一場浪漫的戀愛＞

浪漫，Romance，是怎麼一回事呢？其實是很難解釋給別人聽，只能靠自己意會。照字面解說，就是一個慢慢迎來的 wave。這樣看得懂嗎？如果你在熱戀中，師傅估計你應該可以意會得到。

並不是幻覺

浪漫雖然虛無，然而並不是幻覺。浪漫是一種氣氛，富有詩意，充滿幻想。戀愛初期，男方一般都比較浪漫，因為他們追求的過程通常也不得不浪漫。

如果戀愛是一道菜，浪漫就是調味料。付出時間和心思，浪漫其實可以無處不在，令對方從呼吸也細味得到。

浪漫的人，會說「愛像甚麼？愛像擁抱着風」，會說「You are the apple of my eye」，會在你意想不到的時刻大方示愛，會記得連你自己都沒留意的小動作。

不浪漫的人則大多很實際，很妥當，情話一般是懶得說，或者是不懂，例如會說「我們的愛情似海參（海深）」之類的。看到這裏，你覺得自己或你的另一半有多懂浪漫呢？

浪漫的表現

為對方特意花心思準備一些事情，不問回報，為求博君一笑，通常就能製造浪漫。橋段是萬變不離其宗的，例如在特定日子預備驚喜，甚至在隨機的時刻在對方面前出現或者示愛，都是浪漫的表現。

浪漫的另一個關鍵，是品味。我見過不少有錢人，大灑金錢想為女人製造浪漫驚喜，在我眼中，都是 fail，因為太俗套了。不用真心準備，根本沒有 feel；沒有品味的，也沒有 feel。

品味能用錢買嗎？可以，但你本身首先要有 Taste，才懂得挑選有品味的東西，將浪漫營造出來。

說到底都是付出

一段戀愛關係需要多少的浪漫？既然浪漫是愛情的調味料，你愛甜甜的，就要落多點糖；你愛鹹鹹的，當然是落生抽落鹽。經過調味，找對口味，一定比較好吃的。

一段關係中，男生一般都付出比較多，但總會有疲倦和技窮的一日，別嫌師傅潑冷水。女生其實也可以主動製造浪漫，表達愛意，care 也好，love 也好，是需要表現出來的。

你本身首先要有 Taste，
才懂得挑選有品味的東西，
營造浪漫。

＜給予對方足夠的空間＞

經歷相識、曖昧、追求、終於「喺埋一齊」，但是一對情侶真的需要經常「喺埋一齊」嗎？香港有一個國際聞名的特色，就是「地少」。這個地方整體的磁場，似乎也投射在不少情侶之間的 energy 上。有一個現象，是很多女生不明白「空間」的重要性。

內心的空間

這裏說的所謂「空間」，並不是兩個人之間距離多遠那種空間。甚至不是時間上或頻率上的空間，而是內心的空間，那片尊重對方、接受對方和你不一樣的空間。

好像說得有點深奧，師傅舉一些常見例子。好多女生都敵視男朋友的收藏品，例如高達、模型車、限量波鞋，討厭程度有如對着小三。也真的有女生覺得那些限量波鞋或模型公仔「搶」了她的男朋友。

Why feel so bad

呷一件玩具或一堆波鞋的醋，聽起來很誇張，師傅告訴你，一點都不誇張，很多女生是這樣。她們覺得不能接受，feeling so bad，為何男朋友這麼着緊那些東西？為何寧願花幾晚砌高達，都不肯花一個下午陪自己去那間一直想打卡的咖啡廳？

師傅愛你，你也要愛自己，要愛眾生。你能夠在內心留一片空間，去容納他和他本身的生活嗎？

尊重他支持他

真正的空間，不是不情不願地遷就，而是真正支持和尊重他，令他感到很 free。兩人本來就是宇宙中的不同個體，各有生活的方法和習慣。今日你們在一起了，你總不能事事也想管，將自己原本的那一套直接放在他身上。

不用介意你男朋友買玩具、儲波鞋，不用介意他跟一班兄弟常相見，你其實不用 involve 太多，甚至應該表達支持，跟他說「好呀 Honey，玩得開心啲～」或者「好呀，買啦」，因為你應該要知道，他從中有得到快樂。

彼此也滿足

如果你總是 feel bad 的話，師傅也不建議你脫單了。拍拖當然要大家都開心，才有意思。男生一定不喜歡被別人管住，拍拖以後，如果能夠像以前般自由，同時也有女朋友支持自己做喜歡做的事，對他們來說就 perfect 了。

給予對方空間，也是給自己空間。他不肯陪你去的那間咖啡廳，你找閨密去就好了，你有自己想逛的精品店，他也有自己喜歡的玩具店。當你明白了，你就慢慢會懂得為他的樂而樂。因為他的滿足，你也感到滿足。

給予對方空間，

也是給自己空間。

七師傅贈你幾句

＜新手女友常犯錯誤＞

堕入愛河的感覺雖然 amazing，但有些事情是你作為
女朋友不能不顧及的，否則隨時種下禍根，久而久之就
親手斷送美滿幸福。以下五項新手女友常犯錯誤，你有
似曾相識的感覺嗎？

一、太容易發脾氣

妝化得不好，發脾氣；月事令自己心情不好，發脾氣；餐廳
排隊等太久，發脾氣；怎料東西不好吃，發脾氣。

女生實在有無限個發脾氣的理由，不過，要不要全都發在男
朋友身上？你自己靜下來想想。不是每個男朋友都有出氣袋
功能的，大小事情都發洩在他身上的話，你猜他會覺得怎
樣呢？

二、疑心重過電單車

男朋友覆訊息慢，或者 miss 了一個 call，就着急地問「你去咗邊！同邊個一齊！」

Wait a moment，師傅想問你，你在急甚麼呢？他家中五十歲嘮叨的媽媽都沒你管得那麼嚴。如果你無緣無故就起疑心的話，這些情況本來無事都會變有事。因為男生會覺得：反正都懷疑我，無做也懷疑我，不如我照做算了。

三、當男友大水喉

購物是女人的天性，「我要這個手袋」、「想要這條裙」、「這對耳環一定要買」，想買東買西很平常，但時時也要男朋友埋單，就不太理想。

自己的物慾自己滿足，如果你男人是有錢的，不停索取會令他產生戒心；如果你男人是經濟水平一般的，為了哄你開心他可能去借錢，慢慢深陷財政的壓力深淵，對你們的關係百害而無一利。

四、忽略重要「性」

一段感情中千萬不可對「性」避而不談。一百年前,女生連牛仔褲都不能穿,結婚前被發現不是處女就得浸豬籠,性事從不可以公開談及。

到了這個年代,談戀愛當然也要談性。別以為只有男生會想色色的,女生也可以色色的。其實親熱都是愛的表現,最重要是大家知道對方在期待甚麼。可以不可以,想要不想要,要說得清清楚楚。

五、太早講未來

有些人拍了拖幾個月,就有意無意地跟對方談及結婚話題,這樣壓力太大了。長期關係來說,結婚是愛情關係中的里程碑,可是熱戀初期,還是浪漫一些比較好。

有時候,當下是比將來更重要的。你們需要更了解大家,更懂得為大家設想,然後再去計劃未來。當下已經很多事情也說不定了,將來的事,將來慢慢說吧,不然把對方嚇走了,你幻想中的婚禮也苦無對象。

以上列出五個新手女友常犯的錯誤，如果你正在熱戀，看了覺得師傅說的令你很不忿，不要緊，請你蓋上書本，做七下深呼吸，再打開這本書。因為九成是我說中了，你必須改善。

初入愛河，切記戒自我、戒急躁，多為對方着想，一定是萬能靈藥。至於還未脫單的你，當然要將這些重點記住，醞釀好女人的能量，自然與好姻緣相吸。

初入愛河，
切記戒自我、戒急躁。

乜師傅贈你幾句

＜是和否都要説出口＞

比較多年輕男女問我，有時做節目也會有類似的問題：
男生怎樣才可以準確解讀女生？女生又應該怎樣向男生
發出暗示？「扭擰」這個廣東話詞語，師傅以為是有點
老派的，怎料卻依然適用於現代男女，尤其是一些戀人
之間的相處。

口不對心要戒掉

甚麼解讀，甚麼暗示，請問你們是戰爭中用密碼溝通的士兵
嗎？師傅覺得，it's too complicated，浪費太多時間，太
辛苦了。

晚餐想食甚麼、想去甚麼地方拍拖、為甚麼生氣、想不想看
這齣電影，Yes 就 yes，no 就 no，一切都老老實實說吧，
不要猜來猜去了。

需要改掉的性格

有些情況，例如周末時男生問女朋友要陪她逛街嗎？女生說「很累，不了」，男生真的就以為是「不了」，然後男生就開開心心約兄弟打波。

結果怎樣？女生發脾氣，指責男生不陪自己，男生既無奈又無癮，原來女生內心是想男朋友陪自己在家中看 Netflix，一起耍廢，但卻沒有開口，認為男生可以猜到自己的內心。

大家覺得這樣很正常、很合理嗎？父母尚且能無條件接納，男朋友是有限度忍耐。遷就的次數太多，相愛日子就不多了。

溝通是最重要的

其實女生這麼難懂的話，是很不討人喜歡的，跟任何男人拍拖都不會成功，因為實在令對方太疲倦了。再有耐性的男生，即使忍得到一年，也捱不到幾年。

不真正表達，對方要猜測，一不小心又吵無謂的架。情侶關係貴乎溝通，彼此的意思說得清，就不會弄不清了。

練習說出口

扭扭擰擰，終須一別。刻意隱藏心意，不是矜持，是口不對心。愛或不愛，都要表達出來，男生不會介意的。別要到男生受夠了才想挽回，到時肯定已經太遲了。

「係」、「唔係」，「要」、「唔要」，「好」、「唔好」。沒有錯，說出來就對了，練習一下說出來，在男朋友面前也是這樣，張開口，說出來。

不要再玩心理遊戲，簡單直接，just say yes 或者 just say no。

扭扭擰擰，終須一別。

七師傅贈你幾句

＜手機是情侶的信任考驗＞

手機人人有，而手機引發的問題對對情侶也會出現。有些女生看到網上文章：「男朋友完全信任你，就會給你看他的手機」，然後女生就會來個逆向思維：「如果男生不給我看手機，一定是心裏有鬼！」於是偷偷去檢查對方電話。師傅給你一個忠告：如果你完全信任男朋友，其實你不用看他的手機。

電話是潘朵拉的盒子

現代生活中，智能電話幾乎像人體器官一樣重要，沒有了它，生活都成問題。事實上，一部手機的確承載了一個人很多的過去，很多的畫面。如果你並不是抱着澄明的心和所謂「視若無睹」的態度去過目，師傅勸你，不要看，不要查。

手機越出新款容量就越龐大，加上雲端系統，儲存的資訊量，開個玩笑，跟三世書都差不多厚了。每一個人要打開別人手機前，都必須三思的，因為這就像潘朵拉的盒子一樣，不是開玩笑的。

非你的勿視

很多女生正是偷看了男朋友電話，然後「發現」了一些「問題」，看完就生氣，生氣就吵架，吵架然後就鬧分手。拉遠一點去看，其實不是甚麼一回事，但你看了，將着眼點放在錯誤的一點，誤會就容易產生了，你一定 angry 的。

舉個例子，男朋友可能只是跟朋友短聊幾句，發一下牢騷，訊息上寫：「啲女人小小事就發脾氣，冚到好劫囉，真係要調教下！」。如果你看了，就會覺得：「好過分啊，話你兩句就唱衰我，講到我不可理喻咁！我姨媽到心情唔好，使唔使咁小器！調教？當我係寵物呀？……」

不難聽就不是牢騷話，就沒有發洩的功用了。這些話只是隨口說說，有時是男生要在別人面前展示一下雄風，不是給你看的。

錯不在電話中

更常見的情況，男朋友跟女同事閒話幾句；甚至，男朋友和前度聯絡，如果你看到那些訊息了，難道你會沒有情緒，會完全不生氣嗎？

如果他是有錯的，平時相處都會感受得到，都會露餡的，你們自自然然就會不和不合，用不着以查電話翻證據來當分開

的理由。刻意找他的錯處，這種用心是有違自然的。

本來無一物

非你的勿視，非你的勿聽；本來無一物，何處惹塵埃 phone？如果當初沒有刻意偷看，動搖彼此的信任，其實很可能就相安無事，他依然那麼愛你。

有時候，好的男生因此就被你推往放棄的邊緣了。記住，電話很細小，信任才重要。私隱始終都要尊重，不要偷看對方電話。

電話很細小，
信任才重要。

七師傅贈你幾句

〈不同階段的男人〉 需要甚麼

Love 是短短四個英文字，Relationship 是很長的，一、二、三、四⋯⋯數不到那麼長。漫長的過程，彼此追求的東西其實會有變化的，不可能一直都一模一樣。

浪漫熱戀期

愛情關係裏，其實各有所需。滿足了需要，愛的感覺就增加了。雄性動物都有種天性，大部分都有一定生理需求。拍拖時會產生戀愛的感覺，初初很可能都是因為男人覺得你美麗，很有吸引力，想佔有你。

既然男人這段時間是比較着重外在的條件，能給就給他們，花點心機打扮，要靚有靚，要性感有性感，當然要健康的，重要的是，這些相處下來的感覺，會累積成愛的養分，令感

情可以延續，這樣一來他就會覺得你越來越吸引，會更想擁有你。

戀愛關係的進化

雖然說，很少男人是為了結婚而戀愛，對女人的追求，總少不了生理的驅使；女人則不同，傳統上都是想嫁個如意郎君。這些老生常談，不用太早說的。

師傅覺得，一開始戀愛，想得太長遠是不現實的，兩個人在一起，要開心才有意思，男女都一樣。時間久了，慢慢會感覺到，那些拖拖手、攬攬腰的慾望開始起了變化。大家互相成長，一起進步，自然想為長久的生活打算。

穩定磨合期

熱戀期本來就是短暫，感覺不同了，代表你們要踏進另一個階段，一起追求更多和更遠。

過了熱戀期，大家就相知相惜、相濡以沫，熟悉彼此的性格和生活習慣，開始穩定下來，對對方的要求都比較注重內在。適時的關心、體諒、照顧，以及自由的空間，都變得越來越重要。

師傅要提點一下，雖然這些條件不是愛情初期時最着重的，

但從一開始就要好好養成。好性格不是一朝一夕培養，也不可能裝出來的。二人在過程裏一直磨合，才能在幸福的路上前進。

通用法則

永遠記住：男和女是來自不同的 universe，文化背景、家庭背景，生活習慣是不同的。尊重對方，給予空間，感情才可以細水長流。互相尊重，給予空間，重視信任，這些是任何時候都通用的法則。

Love 是短短四個英文字，

Relationship 是很長的。

七師傅贈你幾句

所謂「創業容易守業難」，愛情要長期經營也是同樣難。想戀愛關係持續保鮮，師傅建議以下方法：

▶ 桃花位長期點燈

✦✦ 在家中桃花位放置一盞小燈，長期開著；旁邊可以放二人的恩愛合照，記得選擇面帶笑容的，或者是美好回憶的畫面，時刻提醒大家那些恩愛時刻。

✦✦ 此外，前面提過「初一十五點蠟燭」的方法，同樣適用。記住心裏要默默想着你的愛人，不要想其他事情。

▶ 逛花店、去婚禮

✦✦ 要吸收能量令愛情保鮮，可以帶男朋友一起逛花店，因為鮮花是旺人緣的。不過，鮮花也招桃花，如果要買回家擺放的話，泥種植物（例如金錢樹）比較適合拍拖多時的情侶，可以令感情穩固。

✦✦ 同一道理，帶你的男友出席別人的婚禮和飲宴，都有幫助的。喜事現場很多花，一對新人的磁場很旺，參加一次婚禮，能量會提升好幾倍。

▶ 寫下祝願轉七圈

✦✦ 你還可以將你的心願和祝福寫在紙上，每晚放在家的中間位置，圍着轉七圈。每次轉完記得收拾好，下一晚再拿出來再轉。這是轉運的其中一種方式。

chapter 04
難關篇 ✉

情路
總是有劫

＜七師傅闖情關＞

可以的話，師傅也不想多談愛情裏頭的難題。如果世間的有情人都可以簡簡單單，相愛相親，simple love，simple together，那就 perfect 了。

可惜，世事豈能盡如人意？人無完美，兩個不完美的人走在一起，就有更多不完美。八字不對，命格不合，產生各種深深淺淺問題，為愛情添上不少難關。

外國談情 so easy

師傅談的戀愛都是異國風情。外國男女也好，性格比較直接，說他們單純也不為過，說 one 就不會是 two。二人在一起很夾的話，就在一起；情到濃時，就發生更親密的關係；到有日發覺，還是合不來了，就乾脆地 break up 算了，反正分開不一定是呼天搶地的事。

香港人是怎樣呢？一談到拍拖，香港人就會想到將來。外國人的出發點完全不是這樣的，總之就是享受在一起的當下。

和喜歡的人在一起，目的就是 happy、enjoy 人生。

香港人總是不能夠放開一點，真真正正享受人生，拍拖也當大 project 去做。時時去盤算要怎樣鎖住對方的心，將來才有幸福，日後就無憂無慮，有人照顧下半生。這樣不是真正投入愛情，反而像是把愛情當作一門生意般經營。這種心態師傅沒辦法解釋，也不打算改變，「女人只要找個好男人嫁就能得到幸福」這種觀念不是一朝一夕能改正的。

愛情難題逐個拆

師傅知道很多女士也抱着這種價值觀長大，要貿貿然改變思想，並不是容易事。不要緊，也不用勉強，那就和大家探討一下當愛情路上遇到阻滯時，應該如何好好經營。

這個章節會就着各種在香港談戀愛的問題，和大家分享一些見解。希望大家能照見五蘊皆空，度一切苦厄。

來找我問愛情的女信眾，拍拖三數個月至拍拖十多年都有，奇難雜症一籮籮，但很多時候有一個共同點，就是經常跟男朋友嗌交。

當初二人擦出愛的火花，後來竟然變成了汽油桶，很容易爆炸。到即將要情緒爆發的關鍵時候，怎樣按耐住那團火焰呢？紙包不住大火，但師傅的心法可以幫到你清淨心境，由大火轉細火。

改善脾氣方法多

記住，鬧交是所有問題的根源。所以師傅一定建議女生，無論如何也花點力氣，改善脾氣。

改善脾氣有很多法門，師傅特別想介紹大家一個方法——食素。聽起來不是甚麼 magic，但師傅會說效果是 magical。

少勞氣、少動怒，人都靚一點的。長期脾氣暴躁，對身體也不好。為了自己健康，也為了一段感情的健康，healthy 一點是很應該的。

斬斬斬掉第三者

第三者問題在現代社會最常見了。尤其是香港的生活這麼高壓，如果情侶間鬧交太多，男人想尋求安慰的時侯，出現一個女人填補內心空缺，很容易就出軌了。

斬小三的法事，師傅做得多。不過，不要以為斬斬聲，好像充滿攻擊性。我們做法事的原則，不是去傷害任何一個人，但求內心可以盡快得到解脫而已。

如果男人選小三不要元配，多數是因為元配架勢不夠高。所以師傅會奉勸大家「修身」——不是減肥瘦身那種，而是要做好自己。你的另一半會留在你身邊，外在是其次，內在和

個性才是關鍵。

學會做好自己，更要明白為甚麼要做好自己，就會令愛情路以至人生路都可以走得更順。

不同種類的情侶

有些愛情心法是人人適用的，但有些難題則需要就不同類型的戀人對症下藥。師傅當然也想得周到，最重要是幫到大家。

如果你跟有錢男人拍拖，不要以為生活從此無憂，他有錢不代表你都有錢的，而且豪門家族裏長大的男人，都有好多不為人知的生活習性。Not only about money，師傅會教你如何調整自己心理。

如果你跟身處異地的男人拍拖，不要以為心裏有對方就足夠。你們各自條件好的話，身邊出現甚麼人，與你發生甚麼事，有時候連你也想不到。

如果你跟比你年長很多的男人拍拖，不要以為看起來成熟穩重一定可靠。披着羊皮的老狐狸你見過未？師傅見過，有機會我再講故事給你聽。

如果你跟對方在一起已經很久，不知道應否繼續拍拖，師傅勸你面對現實，和面對真實的自己，不要一味説「不知道」，其實你早就知道的。

女人的力量

在這裏可以先講明，風水玄學知識在這個章節的重要性較其他章節低一點點。既然香港人鍾意將談戀愛當成一單大project，那遇到問題的時候，就靠自己一手一腳解決吧。

希望各位有質素的女士，保持好心態，維持魅力，不用着急和暴躁，不要當怨婦，師傅相信，在愛情裏面，女生是獨有一種神奇力量的！

＜鬧交是因也是果＞

師傅多番強調，鬧交是所有情侶相處問題的原因，其實也是情侶問題的結果。一旦將鬧交當成是日常相處的一部分，若無其事，其實也就慢慢掉進一個不好的漩渦，令大家不斷吸收和釋放不好的 energy。

情侶爭執有幾閒？

有很多和男朋友鬧交的女士，鬧到氣都變虛了，但都要和男朋友吵起來：「我都數唔清一日鬧幾多次交，點解會咁？佢以前唔係咁樣㗎！」

一個人在情緒激動、處於爭執時，通常是傾向找他人的不是。「他變了，以前不是這樣的」──這是一個很容易說服自己的說法，就是所謂「萬能 Key」，錯的是他，變的是他，對於當刻火遮眼的你而言，已足以解釋為何情況這麼糟。

不過師傅要提提你，你有沒有想到自己？每個人的性格、觀

念都隨時間變，你以前可能也不是這樣的。

是他變了？你也變了

變變變，時間不會停，每刻都在變。所謂業力，就是每一個行動都會產生後果，是不可避免的。你們這段感情裏面的energy，也因着你們在一起以來發生的大小事情，一直在變。所以，不要一味說對方變了，是你們一起變了，而且變了是正常的，不是師傅把事情刻意說得玄妙。

想想那個動不動就觸怒，要在另一半面前爆發的你，然後再嘗試把師傅的說法聽進去。即使你不懂，但發現自己有一顆開放的心，那麼恭喜你，因為你已做對了第一步。換作是以前，你根本沒有冷靜地思考，就和伴侶鬧交了。

倘若相處之間有所不滿，應該怎樣做呢？談論方法之前，師傅認為，「修身」很重要——一定要先提升自己的修養。

修身很重要

不動氣，鬧也不用鬧了，對不對？記住，做個有修養的人，心裏有火氣，先以道理克制自己。不要忘了愛，Love is very important，多些愛，多些關心。

實際點說，找個原因讓自己控制脾氣。例如你有宗教作為寄

託的話，記住神是不希望你亂生氣的。又或者，從一個比較基本的角度去提醒自己：為健康，不要發脾氣。

有人說：「吵吵鬧鬧幾十年，到頭還是好姻緣。」師傅看到第一句已經覺得好辛苦了，這種道理不是人人受落的。如果可以不吵鬧，或者找別的溝通方式代替吵鬧，「和和氣氣幾十年」，情人的關係必然會改善的。

鬧交是
所有情侶相處問題的原因。

七師傅贈你幾句

‹靜心招數三面睇›

講到修養、脾氣這回事，絕不能只是得個講字。那麼，有甚麼招式或 magic 可以讓自己下火，平靜下來？

信仰

前一篇提及，如果你是信教的，不論甚麼教，你都會信服於神。師傅知道，宗教都是導人向善的，你即管將鬧交視為邪惡的事，就當遵守教條，戒律不能亂犯，在自己的脾氣上加一份約束吧。

長期念經一定有幫助，可以令心境平靜下來。如果在怒髮衝冠的一刹那，也可以即時閉上眼，吸一口氣然後說出「Oh My God」，讓神知道你在尋求幫助。靜靜地稍等片刻，憤怒就會自然飄走。

素食

如果沒有信仰，還有其他方法的。細心的讀者如果有留意，這本書中我提及的個案，全部都以蔬菜、水果作為主角的代號，因為我想提醒大家可以食素。

修行的人一定有的習慣，就是食素。歷史上那些宮廷妃嬪，日日拜佛食齋，才會氣質高貴、散發仙氣。近年也開始流行食素，因為大家知道肉類很毒。豬牛毒素太多，雞則激素太多，特別雞翼，可能有致癌風險。如果不幸地乳房子宮有事，可能也保不住愛情了。後生的通常不察覺，但其實未有不代表無事，只是時辰未到。

師傅日常飲食會吃薯仔，簡單的沙律、麵包，都是西式的一點的食法，以清淡為主。如果喜歡中式的，清蒸芋頭、淮山、蘿蔔、蓮藕，我也覺得很好吃，新鮮的味道是最可口的。飲品方面，想方便的就飲無糖茶，或者自己沖羅漢果茶、紅棗水、杞子水等等。

不知不覺說得興起，師傅不是營養師，不過如果想改善脾氣修養，食素是很簡單就能踏出的一步。如果你覺得餐餐沒有肉太困難，那就一星期讓自己吃一兩餐。順帶一提，煙酒多就一定會脾氣暴躁，戒得到一定要戒。戒肉戒酒，脾氣好，運氣好，福氣好，二人關係自然好。

急救法術

萬一你和另一半又吵起來了，火遮眼的一刻，要做的就不是吃菜或飲羅漢果水了。師傅教大家一個急救法術。

首先，用「劍指」，即舉起食指和中指，合在一起，在身上任何部位寫七個「水」字，可以令自己 cool down。

然後，「觀想」自己坐在瀑布底下，想像流水從頭流經全身，令自己得到淨化，想發脾氣的自己就可以立即靜下來。

用「劍指」在身上任何部位
寫七個「水」字，
可以令自己 cool down。

七師傅贈你幾句

‹出軌的男人有樣睇›

情路要兩個人走才圓滿，路上突然殺出一個程咬金，通常都是很麻煩的。第三者的出現，必有至少一方損傷，令很多感情結束。有第三者的情況實在很常見，經不起引誘的男人很容易就被牽走，搞三搞四搞埋一齊了。

千年不變的定律，是否神仙難救呢？如果是男人出軌的個案，其實可以從面相上看出一些端倪。

眼紋變多

第一件事，看清楚你男人的眼睛。在外面鬼混，跟別的女人有一腿的男人，眼紋會變多。

此外，亦可以留意他雙眼有沒有變得水汪汪，這屬於「桃花眼」，有意無意也會惹來身邊女人的喜愛。

鼻大而有肉

很多大都知道男人鼻子代表財運與事業運,除此以外,其實也反映男人對於性事的需求。鼻大而有肉的男生多數是成功人士,因此常吸引女人的垂青。另一方面亦代表天生的性慾很強,就算第三者不來勾誘他們,他們也會自動獻身。

重點看眼神

雖然說鼻子高、嘴唇厚、下巴輪廓深的,都是渣男特徵。不過五官特徵一般不會忽然有變,如果是本身有這些條件的,應該是幾靚仔的,桃花比較旺也是意料中事。

師傅覺得要觀察入微一點,留意他的眼睛時,重點是看眼神。如果你覺得他神態看似羅羅攣,容易神不守舍,好像變了另一個人似的,那就可能是出軌的徵兆。

忽然冷淡

一個男人如果在外面有女人,通常會抗拒跟你親熱。狐狸精姿態誘惑,夠新鮮感、刺激,當男人的肉體已經得到滿足,對着你必定會變得比以前冷淡。

「做嘢好忙呀，好劫」、「吓，唔好啦，下次先」，他們通常會找藉口，可是打機、看球賽時又精神起來。如果有這些情況，你可能要警覺一些。

靜觀其變

眼神、行為、態度，讓你知道男人的心還在不在你這裏。當你看得出一些狀況，感受一定很複雜。

師傅愛你，你一定很傷心或者很憤怒，可能不知所措又或者很有衝動想逼供及報復。不過師傅在這裏提點你，關鍵是怎樣站穩陣腳，看清局面，再決定下一步。

眼神、行為、態度，
讓你知道男人的心
還在不在你這裏。

七師傅贈你幾句

< 三招趕走第三者 >

阻手阻腳的第三者，始終要使點招數將她清除。找師傅施法當然有用，師傅年中也幫不少女士作法斬小三。不過作法有一個原則，我們不會傷害任何人。

所以其實應對第三者，可以做的事情，很多都是由己出發。

第一招：性格取勝

要真正打敗小三，首先你的性格要非常好。狐狸精雖然好玩，可能比你年輕、漂亮，但不完美之處通常是性格缺陷，也是不能長遠發展的主因。

你本身條件好的話，男人是捨不得放棄的。「我女朋友條件咁好，就咁樣為咗第三者無咗？值得咩？」會用腦的男人，玩過一兩次之後，可能都懂得懸崖勒馬。不用腦的男人，我想你也未必想留住他了吧。

很少關係健康恩愛、互相坦白的情侶，男方無端端有小三，

就算男人犯錯，一次半次就回家。所以，如果你們仍是追求
着長遠關係，只要讓他記得你仍是適合他的那位就可以了。

第二招：耐性

面對小三，很多人會想辦法反擊。不過，師傅建議一定要保
持耐性。

尤其是當你向好朋友、好閨蜜尋求意見，她們很多都會義憤
填胸，想帶你跟那對狗男女對質，因為很心疼你被如此對待。
可是，一旦將事情拆穿，事情可能更不如意。

如果未拆穿，他可能還偷偷摸摸，還會有心虛內疚的餘地；
如果已經拆穿了，就翻出男人不知廉恥的一面，開始「本
Pea」：「係呀，我出面有另一個，你都知道啦，我可以點？」
連這種態度，他們都覺得不需要隱藏了。

正所謂「今日留一線，他日好相見」，如果不是鐵定斬情絲，
師傅勸你還是睇定一點。

第三招：以退為進

出軌的男人出事的時候，通常不懂得在兩個女人之間抉擇，
會覺得很厭倦，頭腦簡單得當哪一位迫他，他就寧願遠離那
一位。

在這個時機，如果你能夠反其道而行，明知他外面有其他對象，反而對佢更加好，更加關心他，就很大機會挽回他的心。

成日 argue argue argue，男人一定覺得很煩。想像一下，如果外面那第三者天天問他「你點解仲同佢一齊㗎？你哋幾時分手！」誰在大吵大鬧，他就有大條道理離開誰。有些時候，沉默是金，不沉默就輸鑊金。

師傅在這邊先說清楚，所有招數都要看自己條件、看現實情況靈活運用。一般而言，未結婚的話，他出軌就可以講拜拜的了，除非你很愛他，相信他會悔改；相反如果是結了婚，甚至有小孩子，當知道對方出軌了，應該要先嘗試盡力修補和挽回關係。

很多人會想辦法反擊小三，
但師傅建議一定要保持耐性。

七師傅贈你幾句

〈不要貪圖對方的財富權力〉

師傅閱人無數，有錢人尤其多，聽過的豪門故事多到不得了，亦精彩絕倫。有時候真是覺得 unbelievable。

嫁入豪門不是好威風、好幸福的嗎？邂逅白馬王子，住進城堡，是不少女孩子自小憧憬的美好事情。為甚麼事情不是想像中那樣？

一入豪門命格變

按照八字，有黑就有白，有陰就有陽，大上就大落，平平就穩穩。普通人的命就是平平穩穩，能嫁入豪門的，都是特別的命格，有多少財富，就有多少災難。如果你一生平凡卻突然步入豪門，意味着你已經或者將會經歷很多波折和磨難。

如果你自小經歷很多苦難和挫折，師傅祝福你，未來會有享福享樂的運。否則，如果你將要迎接命格的轉變，師傅簡單提醒一句：有得必有失。

越有錢越孤寒

跟富有的男人在一起，並不等於你也一樣富有。這個男人經濟上會支持你多少，是最實際的問題。越有錢的人多數都越吝嗇，就算很愛你也好，不一定會給錢你花。這樣的話，「豪門」跟你還差好多步的距離。

錢多沙沙滾

另一個定律，錢多一定沙沙滾，不滾也有無數女人主動送上門，或者有朋友及其他人為他們穿針引線，逢場作戲實在是easy job。師傅未見過一個有錢男人是清心寡慾、心如止水的。跟這種人在一起，你要有充分心理準備。

視乎自己的心量

問自己，你的心量是否可以承受這一切？如果他跟你在一起，但也同時花時間花金錢在其他女人身上，你 ok 嗎？如果因出席宴會，借給你滿身名牌珠寶首飾，過後要歸還的，你 ok 嗎？你要知道，有錢人的人生就是一切都得來太易，呼之則來，揮之則去。女人於他們也是如此，他們不認真對待感情，隨便兩三年玩夠便算，毫不留戀。

不建議向錢看

師傅奉勸各位，盲目拜金要不得。一棟豪宅富麗堂皇、金碧輝煌，但居住下來還不是要抹窗、拖地、洗廁所，要打理的事情分分鐘比一個普普通通的居所還麻煩。

跟有錢男人的相處也是這個道理。你以為錢解決到事情，其實衍生更多你以前沒想像過的事情，令彼此相處難度大增。人這麼大了，不要有太多幻想，當然，如果你只是為錢，不為愛情，那師傅不多作評論，善哉善哉。

大上就大落，平平就穩穩。

有多少財富，就有多少災難。

七師傅贈你幾句

< 如何克服異地戀 >

疫情關係，人人都日呻夜呻，沒機會去旅行，說好掛住「鄉下」。不過，這跟掛住愛人的異地戀情侶相比，是完全兩回事了。

雖然說，兩個人在一起，留空間給對方是很重要。可是，異地戀是超越了一般情侶之間的空間，變成了是距離的問題。

美好只是想像

天各一方，就會更思念對方。異地戀會令一對情侶特別容易掛住大家，並會產生美好的想像，憧憬重逢的時候，來個大大的擁抱。同時，兩個人相處少，磨擦一定比較少，這樣好像很美好。

不過越多期待，越有憧憬，卻有不同因素令期望一再落空，情況就有變了。想近年的幾波疫情，搭飛機和出入境的限制

多多，五時花六時變，又害怕染疫，身處異地的情侶要親身見面，搭一程飛機已經不再像以前那麼簡單和輕鬆了。

籠統地説，愛能戰勝一切嗎？是的。但時間能沖淡一切嗎？也是的。異地戀情侶的感情，就是在這些角力之中，頻頻受到考驗，而這些都是一般情侶未必需要面對的問題。

世界到處是引誘

從實際考量，如果你的男朋友條件非常出眾，一個人在外國生活一段不短的時間，你放不放心？世界廣闊，引誘太多了，大家都是普通人，不是聖人，一下子經不起引誘，就守不住出軌了。

愛人不在身邊，只能靠自律，聽起來也覺得難度不低了。

更大的挑戰，其實在自己的心態上。距離感越大，安全感越低，少少事情都會敏感，容易懷疑。打個電話沒接聽，內心又折騰一番；他跟朋友聚會有異性一起喝酒，你又不得不吃醋。

久而久之，影響到大家的信任，然後怎樣？又鬧交了，關係變差。雖然來個視訊通話都是很簡單的事，可是長期分開，感情是很難保存的，一定會轉淡。當情侶沒辦法在彼此身邊安慰對方，情況很難有好轉。

平平淡淡是福

關於異地戀，簡單來說，你們條件好，引誘多，風險就大；你們條件一般，無風無浪，風險就一般，可以拖多一陣子，但都不能太久。

小別勝新婚，半年一年已經很多。似有若無的拍拖關係，長遠來說是難以持續的。

異地戀已超越空間，

是距離的問題。

乜師傅贈你幾句

﹤忘年戀令人有安全感？﹥

忘年戀又是另一種經常被人認為是特別的愛情。外人對這些所謂不尋常的關係，總有不同猜測。指指點點之後，其實都是與他們無關的。師傅知道，忘年戀的主角都在承受無形的壓力，不足為外人道也。

兩個人走在一起，即使不是兩情相悅，至少可以說是各有所需。師傅覺得，無所謂的，不影響別人就可以了。

激發少女心

師傅可以分享一下自己經歷。還在讀書的時候，師傅正正是對成熟男人情有獨鍾。當時我二十多歲，總會覺得：「啊，成熟男人好有魅力」。他們更懂得遷就別人，相處起來特別有安全感。他們也對青春的 magic 無法抗拒，我對他們撒撒嬌，他們就暈陀陀，很受落的。

我在年輕時曾經喜歡上一個六十多歲的男人。我覺得他很幽默，精通很多層面的知識。他很成熟，很有才華，是成功人

士。他思想成熟又有風度，我完全感覺被他無微不至地照顧。我當時還是青春少艾，覺得自己的世界好小，他的世界很大。

不能陪伴中佬

後來我跟他分手的原因，不是因為他太老，也不是因為他沒有錢，是我原來受不了他那種蠱惑的技倆，一方面覺得他很好，一方面擔心被他騙。始終薑真的是越老越辣。是我的口味改變了，想吃得清淡一些。

任何人都可以用那種現實和功利的目光去看事情，就算是忘年戀人都可以。只不過他們選擇隻眼開隻眼閉，然後享受二人的獨有關係。

難道女士們不知道那些中佬都覺得自己青春不再，但留戀以前嗎？難道上了年紀、事業上了軌道的男人不覺得少女別有用心，可能很重視錢、名牌之類的嗎？必定有這樣想過的，不過正如我所說，他們 don't care 的話，又不影響到人，有甚麼所謂呢。

始終薑真的是越老越辣，
試過後口味改變了，
就吃得清淡一些。

心師傅贈你幾句

＜多年情侶走到盡頭＞

最常見的情侶問題，鬧交、對將來想像不同、第三者，
前面說了；比較不是主流的愛情關係，前面也有例子。
愛情上，還有甚麼樣的煩惱呢？

還有一個，未必是很多人能經歷的，但經歷過都很有共
鳴的問題，就是拍拖很多年之後，覺得「唔知點好」。

「唔知」是「唔敢」

如果是對對方有信心，相處多年就更加不會對未來感到迷惘，
因為兩個人一直都往着同一個目標，拖着手前進。

拍拖多年卻不知前路，其實不是「唔知」，而是「唔敢」。
在安穩的關係上，兩人或一人不敢求變，導致關係拖拖拉拉。

原來不了解

「嘩！拍咗成十年拖喇？幾時結婚呀？」在一起的時間長短，跟是否適合結婚，其實是兩個不同的考慮。

師傅一直都講，拍拖最緊要兩個人都開心。怎樣才會開心呢？你了解我，我了解你，生活得合拍，就很開心了。有很多人拍了很多年拖，反而沒有花心機好好認識身邊那位，對自己的另一半根本不了解。

青梅竹馬

尤其是那些青梅竹馬，從讀書、出來工作、轉工，經歷了這麼多變化，你有沒有意識到身邊的他成長成甚麼模樣呢？

人生到了某些階段，愛人一對亦會憧憬着不同的將來，追求不同的東西。如果兩個人的想法真的很不相容，令大家都很痛苦，青梅竹馬就算，不要長相廝守，未來就換個方式相處。

這些情況，通常都難捨難離。從細玩到大的，甚麼感情都有，愛情、友情，幾乎也有親情，卻意識不到最重要的愛情已悄悄溜走。

忠貞很脆弱

還有一點不能忽略，就是拍拖太久的人，雙方都未試過與其他對象戀愛。經得起考驗的，才叫忠誠。

「嘩，原來呢個世界咁大，咁精彩，我真係唔知原來其他人可以咁拍拖。」口講很專一，引誘來到時，瞬間變臉的人多得是，太高估自己了。

童話式愛情當然留在童話裏面，香港地如此現實，不要daydreaming，不要勉強寫童話故事了。

如果兩個人的想法真的很不相容，
青梅竹馬就算，不要長相廝守。

愛情路上一定不會一路平坦，有時遇到絆腳石，一仆一碌狼狼得很，眼看着關係崩潰也不知如何是好。究竟可以如何補救？快來看看師傅以下建議：

▶ 呼喚對方名字

✦✦ 每晚睡覺之前，手拿着粉色水晶球，呼喚對方的名字七次。師傅明白這是有難度的，因為你們可能鬧交鬧到不想再提對方的名字。不過這是調整能量的過程，如果可以，每早一起來，再呼喚七次，令你們之間產生 magic。

➤ 手指門把牽紅線

✦✦ 拿一條紅線，像穿起吊墜用的紅色繩子，將其中一端繫在自己的尾指，另一端則綁在門把。準備好後，閉上眼睛，默念「我知道你會返回來的」三次。沒辦法了，危急關頭，唯有請月老也幫幫手。

➤ 鮮花水洗面

✦✦ 情困一定令你面容憔悴，甚至因局面難解而開始不耐煩。多用鮮花水洗面或者洗澡，可以令脾氣改善。找粉紅色百合的花瓣，用水浸着，可以令情緒改善。這都是眾多方法中的其中之一，歡迎參考。

➤ 有戀愛魔力的物品

✦✦ 把家中的剪刀，或尖銳的物品收起，多放圓形的擺設或佩戴飾物，例如戴圓形的手錶。另外粉紅是愛情的顏色。能留住愛情能量。把常用的東西換成粉紅色，例如手袋、電話殼等也都有用。

chapter 05
分手篇

情關始終
闖不過

<七師傅説分手>

一段愛情走到面臨分手的階段，真的令人產生很多疑問。

為甚麼我們會走到這步？為甚麼他要這樣做？為甚麼他選小三也不選我？為甚麼我好像對他沒有感覺了？我應該繼續嗎？我應該挽留嗎？我應該怎麼辦才好？

很多問題，一下子都沒有清晰的答案。這個時候——就由我來講講自己的故事。

舊戀人蘿先生

前文輕輕提及過我其中一位舊戀人——蘿先生，他在我們分開時重提關於他爸爸留給他那些郵票的事情。雖然我當下覺得他小器、記仇，但分手的時候，我還是很傷心的。

原因是因為他條件太好了。他外表俊俏，在美國名牌大學畢業，又是經常上電視的名人，家族富有的他，卻不留戀於豐厚家產，憑自己闖出一番事業。現在的我不看重名利和財富，

但年輕的我還是很容易因為這些庸俗的條件而心動，所以，和他分手一事令我真的受傷了。

不過，我始終有很多男人追。那時分手後，一個月左右我就遇上新對象，傷口慢慢癒合。

重燃愛火的機會

事隔一年，我和蘿先生算是有機會重逢，當時他說很想念我，還是很愛我。我卻很決斷地說：「不了，我已經有愛人。」為甚麼我可以這麼斬釘截鐵呢？那一刻，我也不是很清楚，反正就是這樣回應了他。

後來他再低聲下氣地追求我，可是我都對他不感興趣了。是一點興趣都沒有！

我當時心想：以前明明很喜歡他，他條件很完美，英俊、有才華、名校畢業、家底雄厚；分手時明明好傷心，為甚麼現在他來哀求我，我一點心動的感覺都沒有呢？原來一個人轉變可以如此巨大，令我自己也難以置信，心裏覺得：我已經不懂投入愛情了嗎？是我太無情嗎？是我的問題嗎？

能放下的原因

後來我想通了，或者說，我接受了。為甚麼能放下呢？原因

非常直接，非常簡單，就是因為遇到一個更好的！

這裏說的「更好」，不一定是外表、財富、學歷上，可能是和他的性格更合得來，二人的戀愛磁場更契合，令我在一段情完結後重拾熱戀的感覺，享愛簡單的幸福。

師傅想說的是，分手所需的解藥，居然如此簡單，就是——next one。

當你遇到下一個，你就不會再糾纏於前度當時「為甚麼這樣」、「為甚麼那樣」，也不會再問「為甚麼是我」或「為甚麼不是我」，因為已經不重要了。

很多時候，好的新對象就在門外，一伸手就觸及到。只不過，很多人都說自己分手後還未 ready、需要時間療傷，把心門緊緊閉上，於是便錯過了更好的下一位。

幫大家盡快走出傷痛

師傅明白，走出分手傷痛是需要時間的，正如多年的習慣也不是說一下子就能戒掉。而這個章節正正希望幫助大家，縮短這段療傷時間。

首先大家要知道，兩個人走在一起或分開，都是前世註定的，因為你們互相欠了債，債還清了，今生也就緣盡。分開有時候就是這個原因，明白這道理的話，你可能就不再執着去尋根究底。

「不懂」說分手

師傅遇過很多女士都不太懂得說分手。她們的「不懂」分兩種,一種是太輕易說分手,把這兩個字用作對付男友的武器,實在要不得。

另一種是死都不願說分手,可能是膽小、念舊,或者不忍心之類。明明狀況已經很糟糕,還不作個了斷,其實就是不懂愛自己的表現。

實際上,除了感覺淡了,你也可以從男朋友幾個方面,衡量自己應否繼續下去。分手除了是說給對方聽,其實也是說給自己聽的,是一個為自己負責而作出的選擇。不過要注意,講分手也要講時機,有些大忌可免則免,稍後會詳細分享。

體驗命運註定的過程

我已修行了一段長時間,令我明白到很多事情雖然命運已經註定,但過程還是要靠自己體驗。

舉個例子,大家目的地都是中環,但有些人坐巴士、有人乘地鐵;有些人有司機,有人自己開車;有人行路,有人踏單車、有人跑步。每一個人的過程都不一樣,但大家都是去中環。

命運註定了,你想開心一點,還是痛苦一點去過?一切靠自

己內心怎樣想。住在環境很差的板間房，你可以怨天尤人，為甚麼發達的不是你，捱苦的卻是你；你也可以為一日有三餐溫飽，有瓦遮頭，身體健康而感到生命的滿足。當內心懂得將痛苦淡化，你就沒有痛苦，所有都是靠自己造化。

看破了分手

因為當年的分手，我有這些反思，才令我今天有這樣的領悟，離離合合都看得透徹，感恩知足知天命。各位當然未必如我一樣灑脫，但只要態度正確，你也可以走出自己的傷痛。

真正慈悲是要放手，否則的話，會令自己有罪。而且，最終能擁有美滿愛情並懂得維繫的人，必定都經歷過情路上風風雨雨。所以，分手不過是過程，終點還未到的，一定還在前面。

＜緣盡不必問原因＞

很多女生被男生拋棄，當下不知所措，覺得萬分受傷，只懂哭到雙眼通紅。尤其當你是被拋棄的那個，處於較低的地位，很容易出現心魔，令你失去應有的自信，被拖進信心的低谷，同時也不相信眼前發生的所有事情。

分手總要問點解

通常被分手第一個反應都會是：「What happened ！？」以及「我都無做錯！點解會搞成咁……」太想知道原因了，並且覺得一定有原因的，一定要搞清楚。

一段關係上，二人是不開心、不幸福，或是不喜歡了，相信你多少都感覺得到。可是，你那碎了的心在「捼住捼住」，你還是想要答案、要原因。

數不清的原因

師傅告訴大家,情侶分手的原因有成千個上萬個,不是那麼容易說清的。

我見過好多女生,因為冷靜不了,想法就開始走歪。有的以為自己被飛是因為外貌出問題,不夠靚女身材不夠好,於是走去整色整水甚至整容。並不是這樣的,愛情不是一句靚或不靚就解釋到,它可以是其中一個原因,但多數不是唯一的原因。

性格與思想、想法合不合、興趣相同不同,還有生活的實際關注點,例如跟對方家人如何相處等,都可能是導致分手的深層問題。

上世欠的債

如果說你們是「緣盡」了,今世沒有因,也沒有果,你會不會覺得容易些接受這個事實呢?

佛家所言,所有情人都是上世有怨恨,於是今世就有一方來找另一方還債。有緣能夠在走一起,就可以開始還債,到分手的一刻,就是債已還清的時候。

舉個例子,上一世的你令上一世的他很痛苦,你欠下的債足以抵銷陽間三年時間。他就帶着一個執念,今世來做你的情

人，討這三年的債。上一世欠的，今世就以愛彌補。而你越愛對方，證明你上世欠債越深。還清了，就自自然然而散。所以師傅説沒有因，便沒有結果，就是這個意思。

緣來，緣去，緣盡

所謂「命中註定」，好多人經常掛在嘴邊，卻未明白箇中真諦，才會執着於分手的原因。

緣是天意，分在人為，兩個人有緣又有分，就會走在一起，內裏涉及到因果與命運。當緣盡了，聚就變散，代表分開的時辰到了。

是「緣盡」了，

沒有因，沒有果。

七師傅贈你幾句

‹挽回要在緣盡前›

> 「分手」兩個字，由男人口中說出來，鑽進了你耳朵，
> 或者從手機短信畫面映入你眼簾，那種震撼感是很猛烈
> 的，搭完整程車回到家，都依然腦袋空白一片，內心翻
> 滾不斷。
>
> 在這個關頭，如果覺得未是時候結束，實際上應該要做
> 甚麼呢？

調整心態，至少一試

師傅明白的，甚麼都不做就結束，太不值得了。不要無動於
衷，嘗試給大家一個機會，至少一定要試試，看有沒有可能
挽回一段關係。

如果試也不試，可能是日後的終身遺憾，所以師傅這裏是教
大家預備好心態才去試，不要弄巧反拙。

姿態很重要

其實就像拍拖前的表白，讓對方感受到那份愛和誠意，重拾對方的信心，可能就有機會重新在一起。

首先各位要留意，不是苦苦哀求那麼慘，也不是講數般惡死。在這些時候，你細心回想一些事情，可能會發現自己忽略了一些做得不好的地方。

姿態很重要，你要讓他感覺到，你在要求同時也在自我反省，他眼中有問題的那個你已經改過，可以好好談了。

保持溫度繼續聯絡

你可以先用訊息保持聯絡，每日都要持續聯絡，不可以一下子疏遠，要他覺得自己還是跟你在一起的。這樣同時也是盡量杜絕任何新的愛情萌芽。

在分手邊緣的男女很喜歡用「冷靜一下」做藉口，可惜最後都不是「一下」的，而是「一世」。所以如果他提出需要時間冷靜，就講明一個日子，一個星期是最多的了。

事實上，如果大家還有愛意，還有回頭的空間，幾天過後應該開始感覺到思念吧。

勇敢 Say Sorry

然後，如果你們有傾電話的習慣，可以打電話閒聊，不要太過 aggressive。也可以試試打千字文，甚至親手寫封信，寫下回憶，好與壞的都寫。

你也要將自我放下一些，為曾經做得不好的事情 say sorry：「對不起，我不應該發脾氣；對不起，我偷看你電話；對不起，我不懂得跟你媽相處。」

這很可能是最後的機會了。如果感覺到他仍然在意的話，就要以真誠打動他。感受說明了，愛意說白了，「緣」還是「完」，就看你們造化。

說「冷靜一下」做藉口，

最後都不是「一下」的，

是「一世」。

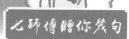

＜分手不要隨口噏＞

看師傅花整個篇章來講「分手」這個主題，就知道分手不是講玩的。

一提到分手，雙方都會牽涉很多情緒，要嚴肅認真地去想想大家的過去，看看大家的未來，又感性又理性，個心很 messy，個人又不 happy，一點都不算 funny。不過，有些情侶拍拖，動輒就說分手，實在一點益處也沒有。

講多就變真，嚇人終嚇己

亂說分手的，男女都有，通常是鬧交鬧得太激動，衝口而出。更糟糕的，就是以分手作談判籌碼。

「你唔願意遷就我？咁就分手啦。」「你諗清楚先回答我，否則分手！」這是近乎要脅的做法。就算你成功留住了人，像把對方教訓了一頓，其實已經種下禍根。

你以為有時講分手只是嚇對方，最後嚇到的竟然是自己。因

為分手講得多，對方有日當真的話，你就喊都無謂了。

不要拿這些來測試對方，到時你不想分卻分了，或者想分也分不到，藕斷絲連，兩種情況都麻煩。

從能量學來說，當一個人經常發出某種頻率，就會陷入這個頻率。所以，千萬不要輕易講分手，講得多就真的會分。

到時候才喊「我只係講吓笑！」可能已經太遲了。因為負面的能量已經被吸引和累積，你大概要額外花時間和心力，才能影響磁場，扭轉局面。

分手是一件正經事

那些總是把分手、離婚等等提在嘴邊的人，師傅奉勸你們回頭是岸，收聲為妙。

分就清清楚楚，正正經經，不要拖拖拉拉，浪費青春。如果這個結果並不是你想要的，那就不要隨便說出口。

你以為有時講分手只是嚇對方，
最後嚇到的竟然是自己。

乜師傅贈你幾句

不幸福就由
自己提出分手

承接前面，在分手前作最後挽回，算是一種禮貌。說白點，就是希望大家不要輕易放棄，珍惜你們之間的感情。

可是，如果多番要求以後，那男人都顯得決絕，甚至覺得你討厭，那麼你最好早些收手，免得連最後的美好回憶都沒有。要躝的就由他躝吧，傷感一陣子之後，你就會問自己，為甚麼當初不由自己提出分手呢？這些情況師傅見得多了。

拍拖幸福嗎

通常乖巧聽話的女孩子，在跟男朋友相處時都是千依百順，久而久之，為了遷就對方而屈就了自己都不知道。

「Are you happy? Are you sad?」你有多久沒問過自己這兩條問題呢？你是不是拍拖拍到感覺麻木了？請你仔細想想。你現在有答案的話，就知道應不應該說分手了。

別忘記要愛自己

師傅由最初講到這現在,都是秉持一個重點:女生要先愛自己,令自己生活開心。不要一講愛情就完全浪漫化,忽略實際而基本的需要,迷失自我暈陀陀。

男朋友好靚仔、好大隻,又有車又有樓;而且拍拖好多年了,習慣有這個人在身邊。可是,如果他令你的笑容漸漸消失了,經常以淚洗面,獨自晚餐,失魂落魄,那留他在身邊所失去的,不會比得到的更多和更美好吧?

或者這正是個好的時機,讓你清醒一點,重新找生活的平衡。要謹記,愛情應該是生活的點綴,不應該摧毀原本那個你。

不要讓有毒的愛情霸佔你擁有的幸福的機會。不幸福,就勇敢分手。所有感情美滿的人都曾經失戀過,相信師父,信你自己,你會找到更好的。

不要讓有毒的愛情
霸佔你擁有的幸福的機會。

心師傅贈你幾句

‹最差的分手大忌›

香港每年好像都總會發生好幾宗為情爭執，繼而動武的事故。神智清醒有命拒絕送院那些，一般人當食花生，可是列為情殺案的，真是 very horrible。

分手這回事，一旦不幸，可能會為你帶來難以想像的後果。所以，來分析一下分手的大忌，保你平安。

分手動口不動手

師傅聽過最惡劣的分手情況，真的幾乎動刀動槍，分分鐘搞出人命。都說了，一鬧交鬧到火遮眼，總會出事的。

很多時就是那一念之差，意志薄弱，hold 不住了，剎那之間就動了怨恨，繼而一發不可收拾。Please，不要推，不要撞，雙手收好，不要造成傷亡。

面對面太刺激

如果對方容易被刺激,就不建議在他面前直接講分手。面對面提出分手,氣氛一定瞬間掉至零點,一下子就令人無比失落,或者無比激動。

那麼,該怎樣安排才妥當呢?師傅認為,一切可以如常就如常,照樣食餐飯,照樣喝一杯。你其實是在扮無事,待他察覺你的神不守舍,他可能就收到暗示。

無情冷處理

分手不是一個時刻,是一個過程。講了那兩個字,過程才正式開始。如果一下子就斷聯沒下文,一意孤行地冷處理,會令對方陷入慌亂,甚至因愛成恨,對你也沒好處。

不想面對面的,可以傳訊息,例如在見面完,各自平安回家之後,發個訊息:「其實今晚一路食飯一路都想講,但唔想刺激到你,所以依家先同你用文字講清楚。」

模稜兩可不解釋

前幾篇是提及過,被分手的人不應執着原因,但提分手的人

則有不一樣的考慮。如果能夠給予原因，令人心服口服的，對方就更容易放下了。

例如説「我覺得你經常發脾氣，我個心好劫」、「我覺得你只顧打機，一啲都唔上進」、「你要養太多家人，將來同你生活都唔會輕鬆幸福」、「因為我想搵個有經濟能力嘅老公，你連工作都無，大家一齊生活太痛苦。我自細已經好窮，仲要照顧家人，所以呢個情況我唔可以再接受，大家不如分手啦。」

語氣方面大家請自行調整，內容是很無情的，修飾一下多少也要，但重點要 clear。如果講不出原因，對方條氣不順，手尾就很長了。

最後忠告，講分手之前，想清楚，如果有猶豫，梳理清楚自己猶豫甚麼。情人有始也有終，有頭有尾，有根有據，講清講楚，分手便心服口服。

分手不是一個時刻，
是一個過程。

乙師傅贈你幾句

‹分手沒甚麼大不了›

分手中的人都會想很多，而且好多時都是亂想一通，幾乎精神崩潰到神經失常。如果學懂不轉牛角尖，應該就會覺得分手也沒甚麼大不了。

既然是這樣，師傅給個有意義的問題讓你思考，但首先讓師傅講講典故才行。

「拍拖」的由來

你們知道，為甚麼「拍拖」叫做「拍拖」嗎？

以前廣州珠江上面，交通很繁盛，航道亦不似馬路般整齊。那時候有很多艇仔，有一種叫小火輪，是木造的，細小又靈活。同時也有些大的渡船，有些是移動得很緩慢的，有些則連動力設備都沒有。

渡船本身很難在淺水的地方靠泊，於是，船員就會以纜繩將小火輪和大渡船牽起來，慢慢靠攏。兩隻船一大一小，在江上拍在一起拖行，這個過程就叫「拍拖」。

後來，人們覺得一男一女牽手一起走的模樣，就像兩隻船拍着拖行，於是就以「拍拖」來形容談戀愛的男女。

小火輪與大渡輪

知道這個原由之後，你正在想的是甚麼呢？

師傅來問你，你覺得自己是大渡船，還是小火輪？

原來有些在拍拖的一對，看似是大的照顧小的，事實上呢？原來都是小的一直在燃燒自己，為的就是讓大的穩着自己的位置。

船上的人與岸上的人

你想想自己，想想你的男朋友，是不是一個在人生路上前進，一個在原地停步？互相依靠看似浪漫，但有很多事情，外人是不知道的。

你想想，當然是小輪上的船家才知道船是沒有油了，或者引擎過熱了，甚至船身破洞了要下沉了。岸上的人只會看到一雙雙的大小船在靠倚，不知道裏頭發生甚麼事的。

一句講完：快樂地單身好過傷心地拍拖。很多人，尤其是女孩子，拍拖的時候，都太過以對方為先了。你有沒有想到自

己呢？不用為身邊人着想的感覺，你還記得嗎？

師傅不過是岸上的美女

不過沒錯，師傅正正是岸上旁觀的其中一個美女，所以你其實不一定要聽我說的，我都不知道你愛情上實際遇到哪些問題令你最困擾，對不對？最重要是你要知道自己在做甚麼，追求甚麼，以及你自己是一個怎樣的人。

這一刻，你們在同一航道，下一刻，可能又要各走各路。大船與小船離離合合，就是水面的常態，沒甚麼大不了的。

你覺得自己是大渡船，

還是小火輪？

七師傅贈你幾句

‹ 一招走出分手地獄 ›

來到「分手篇」的最後了，如果問我，有沒有方法令分手的人不用那麼悲傷、不再留戀過去呢？師傅回答你：有，找另一個。

「師傅，我做唔到，我要療傷。」你想獨自一個躲藏，待「療癒」後才接觸愛情嗎？No，不可以這樣想。

不是人人可以靠自己療傷

師傅問你，你是不是神仙？是不是功力深厚？如果是的話，你當然可以自行調整體內的 energy，就像用內功心法療傷。

如果不是的話，那你躲在一旁，連打坐、念經也不會，那你期望會有甚麼好轉呢？

被人飛更難忘記

甚麼都不做是很難復原的,進展很慢。如果等,你打算等多久?幾年、十年、幾十年,其實都未必忘記到一個人。

更何況,如果你是被人飛的話,就更難忘記。因為你條氣不順嘛,執念這麼重,更加不會輕易讓他消失於記憶裏頭。

道行夠的話,你或者可以化悲憤為力量,以「活得比他好」的心態繼續過活。這樣比道行不夠的人沉溺在痛苦中當然好一點,但這樣也有一點不健康,因為始終像是要證明給對方看,但其實對方才沒有在意。

再找一個萬試萬靈

最不痛的方法,就是找另一個,這是萬試萬靈的方法。如果不拍拖,每天感到內心空虛寂寞,便會日日都掛住舊人;如果盡快投入另一段感情,有了新的寄託,就會對新的生活有所期待。

所以,不要收埋自己了。多出街,扮靚一點,心情好一些,容光煥發起來。認識男生的機會,一定是要出去才能遇到的。

當你找到更好,就不會對前度留戀。這些都是師傅親身體驗。

新的對象，條件好，一起更加開心，感覺幸福的話，到時候任舊的那個如何挽留，你都會知道，it＇s over。

最不痛的方法，
就是找另一個。

師傅教路 ♥ 放手自癒法

Oh my dear，終於分手了，辛苦你了。他不愛你，師傅依然愛你。
來看看師傅有甚麼提議，幫助大家在分手後自我復原：

▶ 大方祝福對方

✦✦ 分手就是冤親債主還完前世的債。債還完就還完了，不要留戀
過去，避免翻看舊相片。也不要詛咒對方，最好能大方祝福對方。
既然緣盡了，再詛咒的話，怨恨更深。不再要形成新的恩怨，再
見就不要再見，對今生的大家也是最好。

➤ 努力發展事業

✦✦ 傳統風水學上，男人八字中的財星，同時也代表自己的女人，財運和愛情是 one thing。如果感情不順，可以嘗試努力發展事業。

✦✦ 師傅覺得，這個方法對於新時代的女性也適用，正如前面的文章也一直鼓勵大家愛自己，做自己喜歡的事，魅力才會散發出來一樣。

➤ 出門旅行

✦✦ 因為女人是水造的，水代表流動、溫柔、感情。「旅遊」這回事是屬水的，所以周圍去出門去玩，吸收天然的能量就對了。近年搭飛機也難，不過不用擔心，抱着出門的心，本地遊也可以讓你吸收天地能量。

chapter 06
結婚篇

童話般
的幸福

＜七師傅論婚姻＞

♥

來到最後一個章節，我們來講終身大事——結婚。雖然我和 Honey 沒有註冊結婚，但我都稱呼他做老公。其實，我們在一起的第二年，他便提出結婚。我始終沒有答應，為甚麼？讓我慢慢告訴你。

一紙婚書有多重要？

師傅不結婚，首先是因為 freedom，鍾意自由地過生活。另外，因為師傅的家族有各樣生意和資產，免得出現麻煩，便選擇不結婚。始終師傅不是平凡人，我的 Honey 也接受，並且肯定我們認定了對方。

不過，「結婚只是一紙婚書」這種話，像我這般道行高才會說得輕鬆，各位讀者不要抱持同樣想法，結婚事實上並非只是一紙婚書的。

結婚是實際需要

師傅覺得，女人有得結婚最好結婚，為甚麼呢？因為不是每個人都像我一樣，有錢有樓不用男人養，而且有強大的心靈，經得起生活上的考驗。師傅不是普通人，請不要跟我相比。

有很多女生沒個伴一起生活是不行的，而且年紀越大，便越覺得自己承受不了孤獨，獨自出外食飯怕悶、獨自到酒店 Staycation 怕鬼、看到昆蟲又怕，怕東又怕西。

現實地想，嫁給有能力照顧你的好男人，就好比人人都要搭車食飯，生活會比較安穩。所以，廣大女性以結婚作為目標，要有個好男人愛護和照顧自己，是沒問題的。

婚約就是有力的承諾

一紙婚書，始終是一個正式的承諾，要簽名的，有法律效力的。倘若結婚後要離婚，要和親人交代，其實很難開口，或者涉及財產、子女的撫養權等等，太多麻煩。

所以，婚約也是一種實際的約束，在困難的關頭，自然會起作用。否則，說散就散乾手淨腳，分開得容易，幸福自然毫無保障。

不少拍拖好一段日子的情侶都說：「結不結婚無所謂，只要

愛大家就可以了。」同樣的話由師傅說就可以，對凡人來說就太浪漫了，沒甚麼說服力。

大部分情侶拍拖時，女方都比較渴望結婚，男方則覺得有壓力。不過，這樣也未必不好的，成熟的男人會將壓力變成推動力，即使時機未到，但若然決定結婚，就會有份動力在這段關係上繼續走下去。

婚禮開心大龍鳳

結婚後，終於踏入人生另一階段，對於年紀不輕的情侶而言，女方應該是鬆一口氣，男方就是深呼吸一口氣。

結婚大事一定要大鑼大鼓大龍鳳，雖然支出很大，但為了將來生活美滿，從擇日開始，各個禮節程序和細節，都要做得妥當。揀一個可喜可賀的日子，儀式要得體風光，象徵着日後生活的好開始。

一生一世相處之道

而婚後的相處，時間久了，夫婦也可能會有些隱憂，即使到了拍拖周年紀念日，只都會說：「婚都結了，搞這麼多幹甚麼？」人的身型和二人之間的關係都可能走樣了，都不夠用心經營。

結了婚生活就日日如是，其實是因為懶惰。感情一定要經營，要注意平衡。雖然不一定像以前般恩愛浪漫，但出街拍拖扮扮靚，加點情趣，生活才會美滿。

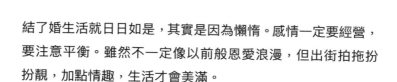

婚姻是終身的愛情修行

如何一直幸福下去，也是一種學問，甚至是一種修行。

師傅把愛情都當作一種修行。我 Honey 會追求名牌名車，我個人並不喜歡。因為我比較淡泊名利，但我不會因此而阻止他這些喜好。

我會包容，或慢慢引導，例如透過做善事，讓他跟我的思想接近一點。或者有天，他也會淡泊名利，但我也不會強求，這就是夫妻相處的修行。

因價值觀不同而分開的例子，近年大家都見得多了，應該知道情侶之間的價值觀有多重要。思想、溝通、性格合得來，相處就容易得多，大家都好夾，人生就開心得多。這個章節將會分享很多婚姻上的注意點，大家記得逐篇章細閱。

＜做好人妻兩大準備＞

結婚與其他人生階段的重大轉變，例如升學、轉工、移民等有點不同，因為你將會在自己人生加入另一個人，從此一起生活。做了人妻，便要想想如何做好一位人妻，令生活更美滿。

預備多付出

世間所有愛，都是付出，不是索取。愛一個人的話，自然會願意為那個人做更多事。當你成為人妻，一定要有心理準備，付出要比以前拍拖的時候更多。

舉個例子，如果你拍拖時偶然焗蛋糕、煮西餐給男人，打扮得漂漂亮亮地出席他朋友的派對，他會很感激老天賜給他一個入得廚房，出得廳堂的女朋友；但結婚後，你每天下班後還要煮晚飯，菜式當然是日常菜，偶然煮得不太好吃，假日

也不打扮了，只想躺在沙發上煲劇，看到這樣的你，男人內心更會有怨言，苦惱為甚麼老婆跟以前拍拖時差那麼遠。

當老公認為你活得像個肥師奶，期望落差就出現，你們兩顆心就開始慢慢有距離了，一個不小心還會讓小三有機會乘虛而入。

出嫁了，很多女人一心想着「有老公喇！有老公養！終於有個長期飯票，不用幹活了，辭職了！」師傅勸你，想想就好了。長期索取，夫妻關係好快玩完。

愛屋及烏

另一個準備，就是愛屋及烏，對丈夫的家人要有如同自己家人。其實除了你和丈夫是上世已遇到，他的家人在上一世跟你可能也是兄弟姊妹或者子女，總之上世一定有關連。

早些年前很多人說一句話：「嫁，就是給女人一個家。」丈夫給你的那個家，裏面當然有他爸爸媽媽，所以你要有心理準備，對他們兩老如同對自己的父母一樣好。

作為人妻，一開始一定要明確給自己一個原則：無論如何不要與丈夫家人樹敵，放下私心和偏心，先忍讓，先接納，努力建立好的關係。

尤其是婆媳之間，十個家婆，九個都不容易讓媳婦好過。有些是要求高，凡事要你做得更好，有些直接是命格不夾，處處針鋒相對。始終 generation 不同，隔膜一定存在。所以理想的話，其實拍拖時已要開始經營好關係。

師傅在前面的章節已經講過如何令自己有修養，培養好品格，可以翻去前面溫書。記住，即使奶奶很難頂，你入了門就要頂。

世間所有愛，
都是付出，不是索取。

乜師傅贈你幾句

＜一生一世不一定講錢＞

有些人拍拖好一段日子才決定結婚，亦有人拍拖幾個月就情定終身。到底是甚麼令兩個相愛的人決定共諧連理？是愛，是責任，還是錢？

你可能會以為：「師傅，一生一世嘛，當然實實際際講錢講財富啦，無錢點生活？」有這種想法其實錯不在你，香港很多人都抱這種價值觀。

鹹魚白菜真的好好味

普通人總會憧憬「富有」，未住過豪宅的人，總是很嚮往豪宅。可是師傅告訴你，我去過很多山頂豪宅，睡房那張床就跟你家那張床差不多大，老公嘈吵的鼻鼾聲也一樣是清楚聽到。

若然你覺得，如果伴侶富有，你也就跟着富有。Don't be silly，不要發夢了。執意追求有錢男人，還不如努力賺錢。

今天不知明天事

「他已經有車又有樓了，未來跟他生活一定很安穩。」「他是好出名的髮型師、健身教練，好多名人都找他的。」師傅會說，這些都是 none of your business，因為他的生意真的不是你的。

首先，他現在很有錢，不代表將來都一定有錢。尤其是做生意的，風險總會有，投資甚麼炒東炒西的，不消幾年整盤生意全軍覆沒的個案多的是。

其次，他現在很有錢，但這些錢並不是你的錢。就算你們結婚了，錢會不會交給你管呢？就算會，你也無法保證他會不會有收回財政大權的一日。

金錢的魔力

還有，男人一有錢，心雄又身痕。看看城中的富貴男人，有些出名攞正牌花拂，其他的就靜靜雞花拂。這種男人即使有能力讓你享盡榮華富貴，也沒能力讓你心安。

相處起來問題多多，婚姻生活變得不簡單，不平凡，也不幸福，到時喊都無謂了。

簡單來說，錢和名利都不是首要考量的條件，這些看似很實在的，在有錢有名利的男人手中，其實一瞬間就可以不見了。

男人一有錢，
心雄又身痕。

七師傅贈你幾句

＜人生大事要大搞＞

所謂「風水輪流轉」，五年一小運，十年一大運。人一生有幾個轉運的時機，通常都是一下子發生：成功升學、找到好工作、結交了貴人、嫁到好人家。

結婚是人生大事，是 big moment，所以一定要大搞，催旺一下。不過，婚禮大排筵席，一對新人一定會忙到頭暈，磨擦多了或會傷感情。師傅在此給予一些提點。

自費部分嫁妝

穿金戴銀，寓意旺夫。婚禮要夠氣勢，新娘一定要夠閃，首飾金器必不可少。師傅給女士們的建議是：自費準備部分嫁妝。

錢銀問題本身可能是兩夫妻沒有太在意的事，但結婚籌備已經好多東西要兼顧，容易產生爭執，並開始會斤斤計較。當你一分毫都不願付出，男人可能會覺得你其實沒那麼想和他組織家庭。

所以即將結婚的女生們，不妨自己負責部分嫁妝，或者向未婚夫提出：「酒席我來付」、「影婚紗相的錢我出吧」。不要大安旨意將所有財政壓力壓在男家，自己都負擔些少，你的男人會明確感覺到你的重視和尊重。

沒擺酒的非正式統計

一講擺酒，除了要派帖通知親朋好友，又要花費大量儲蓄去籌備，很多人怕麻煩，傾向一切從簡，不想搞得這麼盛大，或者旅行結婚便算了。

師傅當然明白結婚擺酒的繁文縟節，不過我也分享一下我多年來的經驗。來找我作福的離婚人士，很多個當年結婚時都沒有擺酒的。

有頭有面有顧忌

不擺酒是方便日後離婚嗎？聽起來很荒誕，應該沒有人一開始已抱着這種心態。但有一點是無可否認的，當你結婚不擺酒，離婚的成本確實較低。

古代離婚千夫所指，現代離婚無人介意。簡單、求其、付出少，靜雞雞到連好多親朋好友都不知道，不需要跟別人交代，到快要鬧翻的時候，就變成是容易放手的條件之一。

相反，如果結婚時大鑼大鼓，可能正正是要面子，要一一交代，就令人沒那麼容易放棄。

既然要結婚，那就來一場大龍鳳，盡情放閃，讓所有人都為你們道賀，也讓你們兩夫婦感受到，真的結婚了！

結婚是人生大事，
所以一定要大搞。

＜結婚需要正能量＞

結婚是紅事，一般人理解是屬陽，是正氣的事，百無禁忌。師傅想提出的是，正因結婚是紅事，你更應該準備好自己的身心，去吸收結婚日的正能量。

可以如何準備呢？風水招數容後再談，有些關乎能量的生活細節，現在可以分享。

忙裏要偷閒

年中來找師傅擇日的準新娘多的是，她們都有同一個共同點：不準時。連約師傅都不準時，為甚麼要擇吉時呢？不過，師傅當然明白，到了結婚的年紀，也正值事業衝刺期，在香港地生活，哪個會不忙碌？

但是 lady，你接下來的不是小事一樁，而是要結婚了。前面提及，人生有幾個轉捩點，是轉運的時候，每次轉運等於人生能量改變，氣場都會改變。你結婚，嫁給一個好老公，命運都可能會從此改變。

走進自然換換氣

所以，是時候給自己一個假期，調整心情和體內的能量。放最少一個星期假，這段時間盡量不要工作，不要匆匆忙忙，不要困在了無生氣的地方。

多去曬太陽，親近大自然，和愛人一起去樹林吸氣、呼氣、再吸氣，就是我們所講的「換氣」。趁準備結婚，換換新磁場、新能量，迎接你的新命運。

紅事更需要關邪

很多人以為大喜日子就不要說甚麼鬼，其實不說不代表不在的。

婚禮當日，人多鬼魂也多。因為過世的長輩知道你出嫁，都會出來一起慶祝。他們不會因為紅事就怕怕，反而心感安慰地坐在酒席之間，看着自己孫女、姪女出嫁。如果不想有靈體跟隨回家，那就一定要配戴找師傅請的道符或者佛牌關邪。同時，到來的賓客中，有甚麼恩恩怨怨的，當天你都一笑置之就算了，不相干的舊事就無謂重提。

記住，結婚就是新蛻變，婚禮後就是新的人生。舊衣服可以不要就不要了，舊恩怨可以不提就不提，舊相好可以不聯絡就不聯絡，讓新的能量充滿自己。

趁準備結婚，換換新磁場、
新能量，迎接新命運。

七師傅贈你幾句

＜禮成！婚後的「神對話」＞

婚禮終於完成，想洞房請洞房，要執房也可執房。度過了儀式滿滿的一整天，回到家中其實也要事情要辦，才能保日後生活安康——沒錯，就是統稱「拜神」的各種小儀式。

稟告神明「我們結婚了」

新抱要斟茶給老爺奶奶，才算正式入門；那要做些甚麼，才算正式告知神明這場婚事呢？

你可以去廟宇，正式通知神明「我結婚了」。寫下何時結婚、將來住哪裏，心裏默禱：「感謝月老令我哋咁恩愛，好多謝眾神明令我哋有甜蜜嘅感情生活。」誠心感謝神明加持保佑，都是需要的。

回家拜拜地基主

有些新婚夫婦在結婚後會選擇住酒店一段日子，好好享受一下奢侈生活，師傅建議不要。

因為從註冊日起，神明已經知道兩個人是夫妻。如果不回家報到，神明會覺得被怠慢，不被尊重：「結完婚都唔返屋企同我講一聲？當我無到嗎？」

家家戶戶都有「地基主」，所以結婚後，應該要拜拜神，通知地基主，家裏多了新的成員。

帶老公入教

如果你有宗教信仰，也應盡快帶老公洗禮、皈依。如果本身沒有信教，師傅認為也不妨開始信教。入佛教也可以、天主教也可以，總之是帶你老公面對神明。

不同宗教有不同教條，但師傅覺得都是導人向善的，可以作為一種規範。

普遍而言，有信仰都不敢做壞事，因為舉頭三尺有神明。犯錯會怕報應，犯戒也怕懲罰，沙沙滾也會心虛。

古時人人都要做足「拜天地」的儀式，現在很少人拜了，只顧通知同事、上司，收取人情。都不跟神明講一聲，哪會得到神明保佑？

結婚都不跟神明講一聲，
哪會得到神明保佑？

七師傅贈你幾句

＜夫妻相處之道＞

自結成夫婦那天起，相處就是每對夫婦畢生要面對的課題。

其實兩夫婦心底裏都知道，對方或自己缺點其實一直存在，只是當初拍拖時尚且容易掩飾，將好的一面展現，壞的一面隱藏。但結婚後日日夜夜相對，住在一起，隱藏都太累，缺點自己掩飾不了。狐狸的尾巴始終要露出，不能一直收起來

坦誠地表達想法

同住在一起就容易多磨擦，如何處理才對大家都好？坦誠是很重要的，包括你滿意和不滿意對方的東西，師傅一律不建議隱瞞。即使看法不同，也盡量平心靜氣溝通，少吵架，方能保養好關係。

相處太多而產生磨擦是問題，相處太少也是問題。有些夫婦才結婚不久，就說要過「老夫老妻」的生活。師傅覺得，其實就是 too lazy。

別太早變老夫老妻

新婚夫婦應該很 young 的，應該做新婚夫婦做的事。很多女士來找我時跟我分享，一臉滿足地說：「我同老公鍾意成天留喺屋企，無聊度日，放假都無節目㗎。」師傅笑而不語，不敢苟同。

告訴大家，不要常常躲在家，一定要多出去找節目，揀條輕鬆的行山小徑，或一場有趣的展覽，間中要打扮拍拖，而且要兩個人都要付出，互相維持關係，不能依賴一個人。

有節目不要 say no

如果你不喜歡出外，那就叫老公留在家和你 netflix and chill。如果看完劇還是好想繼續留在家，你也可以邀請朋友回來打麻將、打邊爐、燒肉，反正不出門也有不出門的聚會方法。

不要因為大家喜好不同就各自生活。如果樣樣節目都 say no，時時都寧願各自生活，那你們根本合不來，為甚麼不早在求婚時就 say no 呢？

見證對方的轉變

老了才做老夫老妻,無問題的。不同年紀,追求的目標,理想、愛好、嗜好都不一樣,最重要互相支持和尊重對方。

以前二人享受簡單甜蜜的愛情;結婚了,有小朋友,又是另一個感覺;小朋友長大了,感覺又不同了,心境會變,喜歡的事物都會變。但無論世事如何變更,要有身邊的人和你一起經歷,才最有意思。

新婚夫婦應該很 young 的;

老了才做老夫老妻。

七師傅贈你幾句

＜這樣才能令婚姻走一輩子＞

一口氣探討了這麼多結婚和婚禮安排相關的實際題目，師傅最後來說說，從兩夫妻的前世與今生，我們可以看到甚麼。

前世今生有跡可尋

古時的男人，個個三妻四妾，段段都是情。師傅言：「今生大婆，上世小三。」這近乎是定律來的。

今生的你倆，一見到就覺得對方「咦？為甚麼似曾相識？」這是因為你們上一世不只是見過了，更是愛人的關係。不過當中欠下情債，令今生的你對他又愛慕又沉溺。

如果老公總是叫你「BB、BB」，平常當你猶如子女一樣，疼你疼到不得了，錫你錫到燶，那麼，上世他應該是你的父母。

如果上世是你的債主，因為你曾在金錢方面欺騙過他，今生一定會找你還，金錢上的瓜葛特別多；如果上世是你仇人，奪走了你的家人，你一見面就好憎恨他，看不順眼。

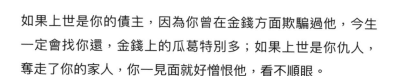

愛情婚姻都是債

「一見就憎，也會結婚嗎？」輪迴是好多世的，前世有金錢債，前前世有情債，所以今世可能還完一筆又一筆。先結婚再復仇的又有；不打不相識，仇人變愛人的又有。

深愛一個人而不停付出，是一種還債方式；熱戀過後被拋棄，內心痛苦萬分，幾乎承受不了，又是另一種債。

結了婚，大概就是上世互欠太多，今生要一輩子在一起才還得到債。白頭到老的一雙一對，就是互相欠債，你還給我，我還給你，這樣走過一輩子。

白頭到老的一雙一對，
就是互相欠債，
你還給我，我還給你。

七師傅贈你箴句

師傅教路

長長久久風水陣

婚姻是一紙婚書，加上一場大龍鳳、一輩子的承諾和很多很多互相遷就、包容、學習。婚姻如何長長久久？看了前面文章的話，你應該懂的，想知道風水方面的方式，還有以下一些提點：

▶ 紅布擺枕頭底

✦✦ 結婚當日回到家睡覺，要將紅布放好在枕頭底。紅色代表興旺，代表喜慶。注意不要只放在其中一個枕頭下面，兩個都要放，也不要老是掀起來窺看，更不要隨便讓外人觸碰。

➤ 不擺空花瓶

✦✦ 在日常生活中，有些人喜歡擺放空花瓶、假花或乾花，不用打理擺着固然好先看，但對已婚的家庭來說，往往容易招致「爛桃花」，婚外情和第三者等糾纏，不利於家。在家中最好不要擺放這些物品。

➤ 婚照掛起來

✦✦ 婚紗照或大油畫，要掛在新居的廳西南或西北方位，對於夫妻感情和運勢來說都是比較好。師傅建議放西南位。因為西南方屬坤卦，代表女主人，西南方的擺設對女主人產生更多好影響。

✦✦ 除了婚照，也可以擺放一對鴛鴦或天鵝等象徵美好愛情的飾品，更可以放置二人親吻的相片或人像畫，甚至手拖手的蠟像，象徵陰陽交合，夫妻對合，效力更大。

➤ 臥室燈光柔和

✦✦ 臥室是休靜之所，強光會每人心境不寧，所以臥室應選擇柔和的燈光，既適合休息，更可以增進夫妻間的情感。身處在環境溫馨的夫妻，感情也會更加融洽，有效維持夫妻感情和新鮮感。

後記

♥♥ 很開心跟非凡出版專業的出版團隊再次合作。上次出版《七師傅愛你──師傅乜都知》登上暢銷榜，今次《師傅乜都知──愛情戀咁嚟》，我預測也會大受歡迎。

♥♥ 每一次推出新作品，我期待它的誕生之餘，也希望透過這本「贏」幫到大家，尤其是女讀者們。我的目的是普渡眾生，如果將來在書店架上，會有一系列「七師傅作品」，令到香港以至海外的人，都可以接觸到七師傅，多了解七師傅，透過我的作品認識我，喜歡我的分享，我都好感恩。

♥♥ 以下這番話，跟親愛的女讀者說：「感情並不是找個男人便算。跟男人的交往，往往反映一個女人的智慧、修養、家教。想感情美滿，先要學會做人。做人圓滿，家庭圓滿，愛情也圓滿」。

♥♥ 說到底，大部分女士的感情問題，都是源自脾氣問題，小器、疑心重、刁蠻任性。這本為女士而寫的書，是希望大家能學會做一個溫柔小女人，而且是外柔內剛，透過改變脾氣，做一個更有修養、更高貴的女士，希望透過這本「贏」能為你贏得真愛。

師博乜都知
愛情戀咁嚟

七仙羽 著

責任編輯	Carman Chu
插圖	大Y（@bigycomic）
資料整理	陳賣
裝幀設計	黃梓茵
排版	陳美連
印務	劉漢舉

出　　版
非凡出版
香港北角英皇道 499 號北角工業大廈 1 樓 B
電話：（852）2137 2338　傳真：（852）2713 8202
電子郵件：info@chunghwabook.com.hk
網址：http://www.chunghwabook.com.hk

發　　行
香港聯合書刊物流有限公司
香港新界荃灣德士古道 220–248 號
荃灣工業中心 16 樓
電話：（852）2150 2100　傳真：（852）2407 3062
電子郵件：info@suplogistics.com.hk

印　　刷
美雅印刷製本有限公司
香港觀塘榮業街 6 號海濱工業大廈 4 樓 A 室

版　　次
2022 年 7 月初版
©2022 非凡出版

規　　格
16 開（210mm X 150mm）

ISBN
978–988–8808–09–0